30岁前 你还有多少成功的机会

“BEFORE 30”

TARGET THE SUCCESS BEFORE 30

吕白 / 著

長江出版傳媒 | 长江文艺出版社

图书在版编目（CIP）数据

30岁前，你还有多少成功的机会 /吕白著. -- 武汉：长江文艺出版社，2019.3（2019.4重印）
ISBN 978-7-5702-0876-0

Ⅰ.①3… Ⅱ.①吕… Ⅲ.①随笔-作品集-中国-当代 Ⅳ.①I267.1

中国版本图书馆 CIP 数据核字（2019）第031208号

选题策划：韩成建　　责任编辑：郑海波　韩成建
装帧设计：陈　麟　　责任校对：许　罡
责任印制：张　涛

出版：长江出版传媒 | 长江文艺出版社
地址：武汉市雄楚大街 268 号　　邮编：430070
发行：长江文艺出版社
北京时代华语国际传媒股份有限公司　（电话：010-83670231）
http：//www.cjlap.com
印刷：北京中科印刷有限公司

开本：880 毫米 ×1230 毫米　1/32　　印张：9
版次：2019年 3 月第1版　　2019 年 4 月第2次印刷
字数：100千字

定价：45.00 元

一生很短，我们终将失去它。所以不妨大胆一点，别总把后果看得太严重，难为了自己。去攀一次山，去爱一个人，去追一次梦，拼命努力，拼命感受。

人生就像一截木头，或者选择熊熊燃烧，或者选择慢慢腐朽。

青春太短，要酣畅淋漓，要活得自在。

小时候，

我们总说等长大以后。

长大了，

我们总说等老了以后，

说着说着，

就再也没有以后了。

生活中有太多不一定，想吃的就去吃，想买的就去买，想见的人就去见，如果能快乐就不要等。

假杂志

原来有些路只能一个人走。在到达目的地前，你只能孤身一人。

自己累得像狗一样，但是下班的时候看见路边的狗，跑得特欢脱。

才感觉狗活得并不累。

成年人的职场生活里，

事先询问比事后道歉更重要。

MICHAEL KORS
Y-7

目录

第一章
年轻要活得痛快，年长要活得自在

第二章

努力是为了可以选择

第三章

年轻不为梦想买单，老了拿什么话说当年

第四章

我所以为的生活

第五章

成年人的世界

第六章

以抵抗的姿势与世界相互妥协

第一章

年轻要活得痛快，年长要活得自在

偷看你微信朋友圈这件事，要被微信拆穿了

昨天在微信朋友圈里看到了一条这样的消息：下一版微信将新增“不常联系朋友”的功能。

通过历史聊天记录，微信会自动为用户筛选出好友里的三类人群：

半年内无单聊、无共同小群、半年内没有回复过他（她）的微信朋友圈。每个都可以出一个名单。

名单出来以后，你只需要点下一步就可以删除，系统只需要 0.01 秒就可以删，真快。

可我们当时是花了很长时间才加上对方的。

总感觉“不常联系朋友”的功能很残酷，可能你心底最好的挚友，你曾经和现在最放不下的人，你最亲近的人，都会出现在这个差一步就删除的名单里。

微信抓取我们半年里的上万条聊天记录，几十个群聊，上千条微信朋友圈。

企图用功能去连接圈子，用算法去了解亲疏，用数据去分

析感情。

但其实，不可以。

01

我跟王昊从初中认识到现在九年了。他最后还是回到了我们生活了十几年的那座小城，我来了北京。

上个月我回家补办身份证，买的是硬卧上铺，把东西放好，躺在铺上的时候给王昊打了一个电话，我说："昊哥我晚上十点到，有空吗？来接我。"

"没空，你昊哥今天要约姑娘吃饭。"

"行行行，我就不破坏昊哥您的好事了，我打个车回去。"

后来我在火车上睡着了，睡醒了拿出手机一看十点半了，一个激灵从铺上坐了起来，碰头了。

正捂着头的时候，乘务员过来了，我说："大姐，是不是邹城站过了？"

乘务员的语气像是我欠了她 500 万一样："今天火车晚点了，还没到，到站的时候会有人叫你的。还有，别叫我大姐。"

"好的，大姐。"

到了夜里十二点火车终于到站了。我跟着人群出了车站。在车站门口正准备打车的时候，就看见了门口的昊哥，他蹲在台子上，吊儿郎当地抽着烟。附近一地的烟头，一年没见，他头发短了，人也瘦了。

正想叫他的时候，他开口喊："傻子，你坐的这破火车又晚点。害老子白等两个多小时。"

我感动得热泪盈眶。我问："昊哥你不是约姑娘吃饭吗？"

昊哥把烟扔在地上用脚踱了踱，说："姑娘哪有我兄弟重要。"

我看着昊哥，我和他一年到头基本不聊微信，不点赞微信朋友圈，甚至也没有微信小群。现在他为了接我连姑娘都可以不约。

昊哥叼着烟说："你看了我好一会了，你丫是不是喜欢我？"

我两眼含泪大喊："昊哥，走，咱们去撸串。"

如果微信出了"不常联系朋友"的功能，昊哥的微信一定会在这个名单里，可真正的朋友，一定需要常联系吗？常联系的又真的是朋友吗？

我以为朋友的衡量标准，不是以我们多久聊一次天，在微信朋友圈里点几次赞能够决定的。

而是每当我需要你，找你的时候，你都能像往常一样，对着我嘘寒问暖，对着我骂骂咧咧……你个小兔崽子，终于想起老子来了。说吧，几点的车，我去车站门口等你。

02

林霖是我学妹，看到我在微信朋友圈发的“不常联系朋友”的功能截图，在我的那条微信朋友圈动态下评论了一个“唉”。

林霖忘不了她的前男朋友，他们曾经在一起五年，从高中到大学。以前大家都说，他们可以从校服走到婚纱。

大学异地，他出轨了，林霖原谅了他，再后来，他把她甩了，拉黑了。

曾经那样亲密的两个人，现在连微信朋友圈都进不去。

林霖放不下，因为他们俩有太多难忘的回忆，上学的时候，经济情况不是太好，说白了就是很穷，两人去看电影，买完电影票后就没什么钱了。每次林霖男朋友都说自己不渴，只给她买一瓶可乐，林霖也会特别体贴地让男朋友喝，那时候的他们，特别开心。

男朋友也曾因为林霖随口说的一句，想吃臭豆腐了，在午夜十二点满城找卖臭豆腐的摊，买完以后送到她家楼下，让她下来拿。

那时候她男朋友对她特别好。

林霖用另外的手机申请了一个微信小号加了他，那个微信里只有他一个人。

早晨醒来，揉揉眼，退了自己常用的微信号，登小号，看见列表里的他；中午吃饭，放下筷子，退了自己常用的微信号，登小号，点进他的朋友圈；晚上睡觉，躺在床上，退了常用的微信号，登小号，把他的微信朋友圈截图。

他在微信朋友圈里发过的美食，喝过的东西，如果她所在的城市里有的话，她一定会去吃一次。他去过的城市，拍过的景点，如果有机会的话，她也想去一次。

不过林霖只是看，看很多次，从不点赞，也从不评论。

如果微信朋友圈有访客次数的话，恐怕数据出来会吓他一跳。幸好没有。让林霖不至于那么卑微。

林霖说，她看到我微信朋友圈里的“清理不常联系好友”后，第一反应是赶快去他的朋友圈点赞。她不想出现在他的“不常联系的名单”里，她不想被他删了。

她打开他三天可见的微信朋友圈，里面一片空白。三天前发的那个消息，刚刚过期。

退出来又打开了好几次，还是这样，最后只能赞了他微信朋友圈的封面。

她说，不知道有没有用，也不知道他最近还发不发微信朋友圈。从“三天可见”到“不常联系好友”，在微信下一个功能出来之前，我还想再看久一点他的动态。

微信出了这个新功能以后，林霖的微信很可能会躺在她前任的“不常联系朋友”的名单里，然后她前任可能会把她和一组人一起按下“下一步”，然后清理删除。她甚至连被单独删除的资格都没有。

但其实，不点赞、不聊天、没群聊，不代表我不关心你，不代表我不爱你。

而是我害怕被你发现，我想你，我关心你，我还爱你。

03

微信从“朋友圈三天可见”到“不常联系好友”，功能越来越多，用起来越来越流畅，人与人的距离也在一点点被疏远。

三天可见让我们变得更神秘，但也阻碍了和朋友之间的了解。

半年好友名单里躺的可能都是真正的朋友和放不下的人，经常联系的反而是微商和不怎么熟的客户。

现代社会科技越来越发达，在我们没有意识到的情况下，就侵入了我们的生活，改变了我们的行为模式。

现在它已经侵入了我们的感情生活，企图用自己的算法，来判断我们和别人的关系有多好，和别人的感情有多深。

但事实上，无论算法先进到什么地步，科学发展到什么程度，它们也只能算出，我们联系了谁，我们问候了多少次，我们跟某个人说话的频率有多高。

它们永远无法丈量的东西，是我们的真心。

它们无法判断我们真的关心谁、在乎谁，更无法衡量什么是友情和爱情。

所以，虽然我们需要科学，但我们永远不会被科学左右。

真正重要的东西，永远都在我们心里；真正铭心的感情，没有办法用数据去计算。

当你越过山丘，看到的却是物是人非

01

最开始听李宗盛的歌，完全是为了和隔壁班喜欢的女生约会的时候有话聊。

听他的第一首歌是《凡人歌》，听着他半念半唱：“多少同林鸟，已成分飞燕。”

“分飞燕”三个字还故意读成重音，念的时候又不太像我们当时特别流行的说唱。当时的感觉就是：唱的是什么玩意，声音里就像有胡子茬一样。

但是为了第二天的约会，还得耐着性子听下去，不然到时候怎么跟女朋友聊天。听了几首以后，实在是欣赏不了，又念又唱，着实不像是在唱歌，就换成了汪苏泷的《有点甜》。当时感觉还是汪苏泷好，能唱出我的心声，能唱出我初恋的感觉。

那天晚上我在百度里搜索“对李宗盛的评价”，看了很多人对他的评价：

“如果说崔健给了我们呐喊，家驹给了我们不羁，杰伦给了我们惊喜，许巍给了我们共鸣……那李大哥给了我们什么？给了年轻人成熟，给了中年人答案。”

甚至还有人说：“年少不听李宗盛，听懂已经不年少。”当时我心想，这群人为了装格调也真是煞费苦心，写得这么矫情，这么唬人，真是难为他们了。

那天晚上我翻箱倒柜试了二十多套衣服，偷了我爸的私藏的香水，喷在了耳后和手腕上。第二天，我和喜欢的女孩约在了一个奶茶店，刚开始的时候，我用从百度上总结的李宗盛的十几条优点和故事，和我喜欢的女孩侃侃而谈。

对面的女生听到这些的时候双眼发光，一下就打开了话匣子：

“嗯嗯，感觉李宗盛对林忆莲是真爱，去她演唱会当嘉宾的时候都哭了呢。”

“《山丘》里我最喜欢的词也是‘越过山丘，才发现无人等候。’”

……

一杯奶茶过后。

“你听过他给陈奕迅写的那个《富士山下》吗？真的是绝了！写得太感人了！”我说。

她忽然就不说话了。当时我心想被我震住了？哈哈哈，功课没白做！

我继续说：“富士山下，里面有一段歌词是：‘谁能凭爱意要富士山私有，何不把悲哀感觉，假设是来自你虚构’。”

“真的是对感情理解极其透彻的人，才能写出这种动人心魄的词。李宗盛显然就是这种歌手！”然后继续说了很多。

我说完没多久，女生就说有点事需要先回去，下次再约。

我在回去的出租车上笑出了“猪叫”，感觉这次约会的成果一定很好。对李宗盛的评价背得比英语作文都流利。

那次之后，我等了三天那个女生也没有主动联系我，我想可能是她学习太忙了，等周末吧。

到了周末她还是没联系我。

后来过了一段时间，我偶然发现《富士山下》是林夕写的，不是李宗盛。是那天晚上我困迷糊了，抄错行了。

当时我简直气炸了，觉得是李宗盛害我失去了女朋友，以后的相当一段时间，我极其讨厌李宗盛，谁听李宗盛我感觉谁是傻子。

02

快高考的时候，我家破产了，欠了几十万的外债。

那段时间，我爸很平静，看起来和以前没什么不一样，还是嘻嘻哈哈的。为了让我安心考试甚至还专门找我聊了聊，告诉我，我们家的生意出了一点小问题，需要时间周转一下，两三个月就差不多可以解决了。让我好好学习，不要多想，一定要考个好成绩。

跟我爸聊完我就放心了，当时就想有啥事还有我爸顶着呢！高考的时候超常发挥，去了省内的一个重点一本。大学开学前一天，我爸开车送我到汽车站坐车。

等红灯的时候我随便按了一个电台，电台里女主播说："让我们播一首老歌，这首歌是台湾音乐教父传唱度最高的一首。"

男主播说："是哪位教父呢？"

女主播说："这位音乐教父为林忆莲、莫文蔚、辛晓琪……都写过歌，听众朋友们猜到了么？……"中间女主播说了什么早就忘了，只记得最后一句："各位听众，让我们随着歌声来寻找他的身份吧。"

"想说却还没说的还很多，让人轻轻地唱着。

嬉皮笑脸笑对人生的难。

……”

（“想说却还没说的还很多

……

让人轻轻地唱着

……

嬉皮笑脸面对人生的难

……”）

当时我想难怪现在的电台越来越不行，不就是李宗盛的《山丘》吗，唱得又不好听，还卖关子。

我低下头继续刷微博，打开一个搞笑视频准备看的时候，就听到了“嘟嘟嘟嘟”的喇叭声——后面的车不停地按喇叭，我抬头看了一下，绿灯已经亮了。

我爸还在那里握着方向盘愣着，我问我爸怎么了。过了一会，我爸摆了摆手，说：“没事，这歌挺好听的。”

我也没当回事，看完那个特别搞笑的视频，想叫我爸也看看，我一抬头看，我爸立刻把头偏了过去，我从车的后视镜上看到他眼眶红红的。我问他：“爸，你眼眶怎么红红的？”

他沉吟了一下说：“刚才过去的货车扬起的沙子进到我眼睛里了。”

我看了一眼我爸旁边的窗户，明明是关着的。我想了很多，到了嘴边的话又吞了回去。手机里的笑声还在，但我好像一点都不想笑了。

03

十分钟后我们到了汽车站门口。他打开车的后备厢，弯下腰把我的箱子从后备厢里拿了出来，他拎箱子的时候手臂上的青筋凸起，显得有些力不从心，我跑过去想帮他一下，他说：“不用。”

把箱子搬下来放好，过一会儿他说：“我走了，到了学校别忘了打个电话回来。”我看着他向车站外走去。他走了几步，回过头看着我说：“不要担心家里，生活费什么的我都可以解决，没钱了就给我打电话，多买些好吃的，看见好看的衣服就买下来，别委屈了自己。”说完还朝我笑了笑，“不要担心，老吕可以的。”笑容在他的皱纹里绽开。

我看着他有些佝偻的背影，阳光下映出来的银发，有些褶子的衬衣。我爸老了。

渐渐地，他的背影混入了来来往往的人群里，再找不着了，我拉着箱子走进了售票厅，买票的时候突然哭了，售票员递给我票的时候问我怎么了，我没回答她。

拿着票出去，我低着头擦了擦眼泪，念着那句歌词："嬉皮笑脸面对人生的难。"

我忽然有点懂了李宗盛，也忽然懂了我爸的辛苦。

04

后来我来了北京，找了一份月薪不错的工作，同龄人都很羡慕。

但只有我自己知道，为了这份不错的月薪我付出了多少，到了星期五已经是我连续加班的第五天。子夜一点下班，一点半到家。回到家以后，面对漆黑的屋子，拖着疲惫的身体躺在床上听歌、刷微博的时候，周围一片冰冷。

偌大的北京，千千万万人的梦想之地，灯红酒绿、摩天大厦，高到不敢问津的房价，让一切努力都变得无力。唯一让我感到安慰的是自己现在长大了，可以给父母一些钱了。

虽然身边越来越多的人觉得我混得不错，但这背后的辛酸也只有自己才能懂得。有一次刚好耳机里响起了"越过山丘，才发现无人等候"，我崩溃大哭。不是因为工作中遇到的委屈、辛苦，而是身边懂我的人越来越少。

无人陪我坚持，无人和我奋斗，无人等我回家，无人为我煮饭，无人等我凯旋。

时隔七年，历经变故，我再也不是当年“欲买桂花同载酒”的少年，我明白了“年少不听李宗盛，听懂已是不惑年。未到不惑已入味，是否沧桑早侵身”的沧桑，也真的体会了“越过山丘，才发现无人等候”的孤独。

有人说，人最怕的就是忽然听懂一首歌。

如果可以，我希望你可以像七年前的我一样，永远听不懂李宗盛。

永远听不懂李宗盛。

永远不懂。

年轻要活得痛快，年长要活得自在

01

小鱼是我从小一起玩到大的邻居，听说七夕那天，她送了男朋友一辆奔驰。她送他男朋友奔驰的那天，我开始悔恨，为什么我不是她男朋友。

我妈说，之前小鱼的爸爸经商，几乎赔光了所有的积蓄，是靠小鱼的小姨和小姨夫的帮助，才勉强渡过了难关。

小鱼的小姨是我们这儿重点高中的教师，姨夫是交通队的队长。一家人都特别信奉稳定，大概就是从那时候起，小鱼的爸妈逢人便说："做生意赚钱辛苦，赔钱还快，一点都不稳定。你看我小妹，生活多稳定。以后我们小鱼就当老师，她弟弟就考警察。"

后来，我高一那年，小鱼考上了省内的一所师范大学。毕业后，她运气似乎不太好，教师编制考了两年，每次都差零点几分，一直没有工作。家里让她安心考试，一年考不上就再考一年，直到考上为止。

有一次暑假回家，小鱼和我说："复习这两年我有时候会做小饰品，晚上去夜市卖，也当散心了。之前我觉得当老师挺好的，工作稳定、生活安逸，以后结婚了还可以相夫教子。但做小饰品的时候我连灵魂都是快乐的，如果我放弃当老师去做小饰品，是不是很傻？要不算了吧，我过去二十几年的人生轨迹都在遵从我妈的意愿，好像也没什么不好。"

因为小鱼做的小饰品非常精致，人也实在，从不和人讲价，每次她摆摊，摊位前的人都抢着付钱。

去年过年，小鱼二十几年来第一次撕裂乖乖女的标签，和家里摊牌，说不想考教师了，要自己创业做 DIY 小饰品。隔着三层防盗门，我都能听到小鱼家的争吵声，有时候摔东西的声音甚至盖过了鞭炮声。

"你爸赔钱的时候咱家过得多难，你是没吃够苦是吧？当老师多好，工作稳定，每年两个假期，你看看你小姨过得多滋润！不就两年没考上吗，明年再考就是了！但如果你要去创业，我就当没养过你这个女儿！"

02

过完年回学校时，收到了小鱼的微信，说她从家里搬了出来，贷款成立了工作室，教女生手工制作小饰品，也做简餐和下午茶。

去北京实习以后，工作太忙，渐渐和小鱼少了联系。听说她做的简餐卖得特别火，后来索性关了手工工作室，去南方专门拜师学做甜品，回来后开了一家手工甜品店，每天的营业额有一万多，不到一年，已经在我们小县城开了三家分店。

上周，小鱼来北京学业务管理，我们一起吃了晚饭。“可以啊小鱼姐，一年多不见，都是开奔驰的老板了。”我笑着打趣她。

“其实当时从家里搬出来真的挺忐忑的，到处都要用钱，工作室的墙是我和我男朋友自己刷的，刷完以后胳膊疼了三天，根本抬不动。后来做甜品，刚火那阵被同行盗图、抹黑，花了一个多月研发的新品，没卖几天就被剽窃了……”

“那你怎么坚持下来的？”

“根本不用坚持啊，这是我的职业理想，虽然难了点，但是每天都很充实。我好不容易从事业编的牢笼里挣脱出来，当然要痛痛快快做我喜欢的事情啊！”

那天晚上我一直在看小鱼的微信朋友圈，试图了解她过去一年的生活。她发了这样一段话:“一生很短，我们终将失去它。所以不妨大胆一点，别总把后果看得太严重，难为了自己。去攀一次山，去爱一个人，去追一次梦，拼命努力，拼命感受。”

最近，小鱼又开了个烘焙班，专门帮助喜欢制作甜品，想要开一家自己的甜品店的女生圆梦。我和小鱼说想把她的故事记录下来，她爽快地答应了，说：“不必为未能完成父母的梦想而心怀愧疚，青春太短，要酣畅淋漓，要活得自在。”

03

上周去山西农村出差采风时，接到了一个很特别的选题。一位七十六岁的老奶奶，坚持要拍摄私房照，当地却没有一家摄影机构愿意接单，子女也因为这件事和老人吵得不可开交。

老奶奶年轻的时候喝过洋墨水，热爱艺术，思想比较开放。那时候还没有拍照片的条件，她一直想找一位画家，记录下年轻身体的曲线美。当时她已经订了婚，离婚期只剩两周的时间。未婚夫听了她的想法后，说她要是去找画家，那他就去找媒人退婚，还将这件事告诉了老奶奶的爸爸。老奶奶的爸爸将还是少女的她软禁在家中，不允许她迈出家门一步，直到结婚。

老奶奶如今有很严重的冠心病，她说最后的心愿就是想拍一套私房照，真实地记录自己现在的身体，这是她存在过的痕迹。

“年轻的时候要听我爸的话，嫁了人，我老伴也不让，就这样过了几十年。现在我大半截身体都躺在棺材里了，说不定哪天就去了，为什么孩子也不让？我的身体，自己说了算不行吗？”

小时候，我们总说等长大以后。长大了，我们总说等老了以后，说着说着，就再也没有以后了。

从山西回来后，我更新了一条微博：生活中有太多不一定，想吃的就去吃，想买的就去买，想见的人就去见，如果能快乐就不要等。

一辈子很短，年轻要活得痛快，年长要活得自在。

曾帮我打架的兄弟，现在和我不再联系

强哥是我最铁的兄弟，现在在德州开了几家扒鸡店。

前段时间，强哥给我打电话说："老三，我下周四结婚，你得来当伴郎。"

那段时间我正处于事业低谷期。稿子写得不够好，业务上也被同事碾压，不敢放松一分一秒，更不好意思请假。

我对着电话支支吾吾地说："强哥我可能去不了。"

强哥说："孙涛都从美国飞回来了，咱们兄弟三个好久不见了，你能试着请假吗？"

我打开电脑看了一下文章的排期表，周三那天排的正好是我的稿子。我想了想还是说："工作这边太忙不能去。"然后我忙补充一句："强哥，我就不去了，礼金我让他们捎过去。"

强哥语气一下就变了，声音忽然变得很低："我又不是为了要你的钱，孙涛在美国读书，你在北京工作，我们三兄弟好久没聚齐过了。"

最终我还是没能出席强哥的婚礼。我安慰自己，都是兄弟，

他可以担待的。

强哥结婚后的第四个月，他带着媳妇来北京旅游，给我打电话说来北京玩上三天。强哥说好久不见我了，想喊着我一块吃个饭，还带了一点东西给我。我说："没问题，你们两口子来北京了，我怎么都得好好招呼招呼你们。"

强哥来的那天是星期四，那天我们公众号要定月度计划，到家的时候差不多是凌晨三点了。我躺在床上想让他们两口子这两天好好玩玩，第三天周六的时候我再去找他们。

周五下午，本来之前约好要去参加的一个新媒体交流活动，突然改到了周六，主办方给我们打电话说，让我们尽量早晨九点之前到。

那个下午我给强哥打电话说，我这里突然有个急事，不能陪他了。强哥说："没事没事，以后机会多的是。"

虽然当时感觉特别愧疚，但同时也在心里安慰自己：都是兄弟，他可以担待的。

四个月后我刷微信朋友圈的时候，看到了强哥晒的孩子满月照片，我才知道强哥刚为孩子办完满月酒。我越想越难受，晚上给强哥打了一个电话，问他怎么没叫我。强哥说，他感觉我比较忙，处于事业上升期，应该全身心地发展事业。让我不要多心。再说又不只要这一个，下次二胎的时候叫我。

强哥和我打电话的时候还是嘻嘻哈哈的，但不知道为什么我感觉我们之间的感情越来越远了。慢慢地，强哥也不给我的微信朋友圈点赞了，也很少在我们的那个小群里吹牛了。

因为这件事，我的心情特别难受，周末在床上躺了两天。我知道，“都是兄弟，他一定可以担待的”已经安慰不了我了。

那时候我模糊而清晰地发觉我和强哥之间的关系有了一个难以修补的裂缝，一条不可逾越的鸿沟。

星期一上班的路上，路过一所中学，穿着蓝白相间的校服的男生们三五成群地在斑马线上走着，像极了初中时的我们。

初一刚开学我和强哥一个班，当时还不是特别熟。由于我被几个社会上的混混勒索收保护费的时候没有妥协，结果有一天放学，七八个混混一起在学校门口堵我，几个人把我拉到学校旁边的小树林，说要打到我听话为止。

那天强哥正好路过，走到我前面，看了我一眼说：“别慌，有我呢。”

转过头跟着混混说：“几个兄弟，我是跟西关东哥混的，我兄弟得罪你们的话我给你赔礼道歉，今天给我个面子放我兄弟一马。”

说完不等混混回应就转过身来朝着我咧嘴笑，转身就要带着我走。

我在那里不敢动。他说：“你愣着干啥？我这都摆平了，找个地方请我吃饭去吧。”他话音刚落几个混混就把棍子抡到强哥身上了，边砸边喊，“你是个什么东西，还给你面子。”我连忙上前护住强哥。

就这样我和强哥都被人揍了，被揍得鼻青脸肿。晚上的时候我和强哥在学校附近的一个烧烤摊，拿着身上仅剩的 50 块钱，要了一盘水煮花生和几瓶啤酒。我们一人端着一瓶燕京，碰完以后，看着对方的像猪头一样的脸傻笑，然后一饮而尽。

那时候，我感觉强哥会是我一辈子的兄弟。

那天我没去上班，我给主管发了一个请假的短信。还没等她回复我就迫不及待地买了去德州的高铁票，我想去找强哥当面说清，我不想失去强哥这样一个兄弟。

两点多到了德州站，我想着给强哥一个惊喜，就没打电话让他来接。出了高铁站按照强哥经常在朋友圈定位的地名打了一个出租车，出租车开了十五分钟还没到。我记得上次强哥说从他家到高铁站只要五分钟。

我以为是司机故意绕路宰我，我拿出手机地图输了强哥家小区的名字，屏幕上显示从高铁站到强哥住的小区有28.5千米。

我想起了二〇一六年十二月中旬的时候，晚上九点我从济南坐高铁去北京，中间经停德州，大概停五分钟，那天我发微信朋友圈说自己又要去北京了。强哥在下面评论：“我们好久不见了，不然你在德州停的时候我去找你吧。反正高铁站离我家不远，开车五分钟。”

到了德州停车的时候，我刚出车门就看见强哥在那里等着。那天特别冷，我穿着一个加厚版的大衣都冻得难受。

强哥左手提着两盒扒鸡，右手拿着一盒烟，看见我下车就赶紧递给我，“这是你以前最喜欢抽的白将军，天冷抽根暖暖身子吧。”那天一根烟刚抽了三分之二，车即将关门的广播就响了，我拿着强哥给的扒鸡上车了。

现在看了地图我才知道，原来强哥说的不远是28.5千米，说的开车五分钟的路程，其实要走上一小时。

晚上九点多零下十几度的天气，28.5千米的距离，一个多小时的车程，来换了我三分之二根烟的时间。

当时的心情特别复杂，既后悔又愧疚，强哥对我这么好，我却因为各种事错过他的婚礼，错过了他人生中最大的几件事。

错过了他跪着拿出戒指对新娘求婚，错过了仅有一次的当他伴郎的机会，错过了他端起酒杯对着宾朋感谢他们的到来和支持的时候，错过了他为人父抱起女儿的时刻。

在车上我就哭了。我感觉特对不起强哥。司机从后视镜里看见在后座上哭的我，递给了我几张纸巾，用一种过来人的口气说，“孩子，你还小，不值得为女人这么伤心。”然后把音乐换成了《爱情买卖》。司机把我逗笑了。

那天晚上到了强哥的家，强哥看到我先是惊讶，后来很平静地走了过来把我的包拿过来放下，然后用力拍了拍我的肩膀说：“兄弟，你来了。”

晚上，我和强哥各自拿了一瓶啤酒，碰瓶，一饮而尽。像极了初一那年的那个晚上我们俩鼻青脸肿地在烧烤摊前举起酒瓶的时候。

人这一辈子大概有 26298 天，631152 小时。在这漫长的岁月里我们会接触无数人，99.999% 的人都是我们生命里的过客。真正的好兄弟，无话不谈的朋友只有 0.001%，然而这极其难得的 0.001%，我们都极少去珍惜。

因为，在我们眼里他们是我们的兄弟，无论我们做了什么，他们都不会有一点点介意。我们不用照顾他们的任何感受。

曾经我以为是兄弟就可以肆无忌惮，嘴上说我是把你当兄弟才这样对你，才可以放你的鸽子，才可以没有任何心理负担地拒绝你。

但其实他们也会介意，也会难过，也会失望。友情和爱情是一样的，一样都需要用心去经营、付出。

我们总是把自己最差、最不堪的一面给了我们最亲近的人，漫长岁月里只遇见 0.001% 的人。把最好的脾气，最好的礼貌给了我们生命里的 99.999% 的过客。

我们总是想讨全世界的欢心，除了我们生命里最重要的那 0.001%。

“95 后”的我们都混成了什么样子？

01

我们都懂得生活了。

最近参加的婚礼好像格外多，一个月三场，随份子都随穷了。

一桌老朋友在一起吃饭的时候，聊的满满都是回忆：从小时候的恶作剧、上学时的调皮捣蛋、老师们的“各种语录”谈及如今的结婚生子。

话锋一转，聊到了王德明。

“你知道吗？王德明的孩子都会跑了。”

“哈哈哈，你是说小学五年级还流着鼻涕的那个王德明？”

“不可能吧？他不是九五年的么？”

“哈哈哈，别不信，这哥们天天在微信朋友圈里秀儿子。”

王德明是我小学同学，因常年挂在鼻子上的鼻涕而“闻名”于我们小学，人送外号“鼻涕王”。其实人是真不错，老实、话少。我们当初都愿意和他玩，偶尔也取笑他一下。

如果非要说一个他的缺点的话，就只有一个，不爱学习。

听说他上初中就辍学了。然后就去了一个南方的电子厂上班，可能是因为踏实肯干，一年后就升小组长了，管着七八个车间的工人。

他的老婆刘萌也是那时候认识的，他每次“装模作样”去管人的时候，刘萌总是拆他台。也许是他憨厚的外表和演技太差，又缺乏杀伐决断的气魄，再加上刘萌的拆台，他这个小组长，越来越“名不符实”。

再后来，他索性舍去“领导”的架子，与“民”同乐。结果因祸得福，不仅他们流水线的业绩节节攀升，而且还收获了爱情。

再后来听朋友说，这个一向不怎么会说话的王德明，不仅在婚礼那天单膝跪地，捧出了戒指，还整了一段有几百字的话，现在还在刘萌的 QQ 空间里挂着：

“刘萌，你跟着我委屈了，在厂子上班的时候，我第一眼看见你时，就喜欢上你了，但是我嘴笨不知道怎么说，我心里着急啊，我睡不着觉，天天做梦，就怕别人把你抢走。

“后来，你拆我台的时候，我别提多高兴了。再后来，我在你流水线上悄悄地帮你组件，后来咱们俩在一块的时候，还是我约你去 KTV，我背了好多遍我工友帮我写好的话，结果一看到你就都忘了……最后还是你说的，咱们才在一块的。

“再后来，去你家见你爸妈，订婚的时候我一紧张又忘了该怎么说，还是你在旁边帮衬，我心里一直觉得，我欠你一个告白，也欠你一个求婚。

“今天我想当着你爸妈和我爸妈的面对你说：‘我爱你，我会努力让你过上好日子。’”

后来，王德明拿着打工赚的钱，和刘萌在我们那开了一个小饭店。听说生意还挺好。

九五年的王德明有妻有子，事业小成。

02

小胖是我高中同学，平时和我一样，经常逃课，酷爱打游戏。高考后读了一个专科，学的是跟航海有关的专业。大学三年有两年在游戏中度过，还不时给我发个语音吹吹牛。

小胖大三参加学校安排的实习，回来后好像幡然醒悟了：不仅不再逃课了，连游戏也不打了。后来才知道，小胖参加实习的时候，每天工作十二小时。一天八十块钱，干的全是最脏最累的活。

去年我们年终聚会，一向从未缺席的小胖，罕见地联系不上了。

之后才知道，过年的时候，小胖跟着一个航海队出海了，就为了多赚 2000 块钱。一向不拿钱当回事只知道玩的小胖，也懂得生活不易了。

03

张鹏前几天告诉我他要考研了。开始我以为他在开玩笑，因为我太了解他了，但后来我发现我错了。

张鹏接过了去年师哥师姐占的座位，每天早出晚归，头发也不收拾了。

很难想象：原来那么桀骜不驯、急性子的张鹏，居然可以踏实下来考研。

再后来张鹏说："从小他就想做物理科技研究，但苦于高考发挥失常没能去理想的大学，浑浑噩噩地过了三年，现在也该为自己曾经的梦想拼一下了。"

九六年的张鹏重新拾起了自己的梦想。

这一年经历太多，遭遇太多，不知该怎么评价这一年，是厚积薄发，还是霉运满满。

这一年，我获得了很多：金钱，友情，爱情，事业；也失去了很多：朋友，时间，健康……

《大话西游》的结尾有句话：

“你看那个人，好奇怪哟，像一条狗。”像条狗的人，是放弃了人间的男女情欢，无欲无念、兢兢业业走在西天取经路上的至尊宝。

他如你我这般，收起了脾气，不再任性淘气，只顾奔波职场。人生百年，谁不曾大闹天宫，谁不曾头戴紧箍，谁不曾爱上层楼，谁不曾孤单上路。

以辛弃疾《丑奴儿·书博山道中壁》的一首诗结尾：

少年不识愁滋味，爱上层楼。爱上层楼，为赋新词强说愁。而今识尽愁滋味，欲说还休。欲说还休，却道天凉好个秋。

你都该如何回忆我？不好意思你是哪一个？

“真正放弃一个人是无声无息的，不会把他拉入黑名单，不会删掉他的电话，看到他过得好可以毫不羡慕地点赞，只是你心里清楚地知道，你们不会再热络地聊天到深夜，不会因为他而阴晴不定，当初那么喜欢，现在这么释然，没有犹豫，这段路，只能陪你到这里了。”

01

肖萌大学的时候是她们系的系花，追她的人有很多。他只是众多追求者里最不显眼的一个，不仅不帅而且还有点痞里痞气。

有一次肖萌上选修课的时候外面下起了暴雨，电闪雷鸣。她正纠结要不要让舍友帮忙送伞过来的时候，就看见了裤子湿了一半的他拿着一把小伞在门口向她招手。

那天他送肖萌回去，伞的很大部分都在肖萌头上，他自己半个身子露在伞外面。

肖萌看着他说："你把伞往你那边撑一点吧，伞都在我这边。"

他说："没事，反正我衣服已经湿了，多给你一点吧。"

那一刻，肖萌就确定是他了。

毕业那天肖萌和他在学校门口的一个烧烤摊上说，自己特别想去北京，想去开开眼界。她本来以为他会不开心，或者会反对。

但是那天他既没有不开心，也没有反对，只是很平静地看着她说："你去吧，你去多久我等多久。"他留在了南京。

异地以后他出轨两次，她原谅了他两次。

她感觉他还是爱她的，她安慰自己："我们是异地，他受到的诱惑多一些是正常的。"

这件事情过后，慢慢地，肖萌发现他已经不像以前那么在乎她了。

异地的半年里，肖萌把自己看到的好笑的段子，听来的有意思的故事，第一时间发给他。

但他基本上不回，偶尔回复的也是："哦、好、嗯、知道了" 这样的话。

最多的时候只有三个字。

肖萌想把她看到的整个世界都分享给他，但他不想要。

有一次肖萌下班的时候看见公司楼下有人求婚，她拿出手机拍下了男人单膝跪地捧着戒指求婚的场面，然后发给了他："这个好浪漫啊。"但信息刚发出去手机就没电了。

肖萌心里忽然一紧，她想，如果他这个时候发消息过来怎么办？

想到这里，肖萌把背着的包从肩上拿了下来，用手拎着包就往公司的方向跑，到了楼下等了两分钟，电梯还是没下来。她拿起包往右跑到了安全通道，从安全通道一口气跑到了五楼，可能是因为太着急了，她在公司门口按了四次指纹才刷上门禁，打开公司的门，把手机插上充电线。

十秒，五十秒，两分钟，还是没能开机。三分钟以后，手机的屏幕终于亮了，她看到了手机屏幕上微信图标的右上角有特别醒目的红色小圆点——十条未读信息。

肖萌很快打开了微信，置顶的对话框里没有任何消息，十条未读信息是公司群里同事闲聊的消息。

为了等一条回复爬上五楼，等待开机的三分钟时间像一个世纪那样漫长，十条未读信息，都与他无关。

有一次肖萌的同事把给客户的文件弄丢了，总监要文件的时候，她正好去厕所。同事就把责任全推到她身上，说是她弄丢了文件。

总监开会的时候当着全部门人的面把她批评了一顿，让大家千万别像她一样，还让她写一份改正报告，她特别委屈。

她一散会就跑到了厕所，在厕所里拿出手机拨了他的电话。

第一次打的时候响了一声然后就被挂了："您拨打的用户暂时不方便接听。"她想他可能在忙，然后给他发了一个短信，没有回。

过了几分钟再打过去，这次他接了。电话接通的那一刻肖萌对着电话崩溃大哭，她只有在自己最喜欢的人面前才会展露自己的软肋。

"你哭够了吗？耽误我打排位。你知道吗？这回合我是晋级赛，烦死了。还有我接你电话不是听你哭的。"

那一瞬间，她真的不爱了。

那天晚上肖萌把他的备注从"最爱"改成了他的全名，把聊天背景里他们俩唯一的合照删了，取消了星标，清空了聊天记录，删了所有和他有关的微信朋友圈，清空了备忘录里所有关于他的内容。

终于不用整天盯着微信，终于不用在洗澡的时候还要擦擦手回他的消息，终于不用等他回复等到凌晨三四点了，终于可以好好地睡觉，终于失去了自己的软肋。

《我和 X 先生》中的徐正熙说过：“放弃一个人，从来都不是一瞬间的事情，当你把我全部的爱慕和关心一点点消磨干净，我也渐渐地攒够了对你的失望。当初那么喜欢，现在这么释然。这段路我只能走到这儿了。”

02

刘峰和前女友是高一在一起的，高三那年前女友出轨了。他装作什么都不知道，带她去了他们第一次见面的奶茶店。

那天刘峰点了第一次遇见她的时候喝的珍珠奶茶，那天他花了整整十分钟喝完。然后和她说了分手。

在回家的公交车上，刘峰戴着耳机透过车窗看着学校旁边的“欧巴炸鸡”“薯格”“珍珠奶茶”……那些以前带着她一起吃过的小店。耳机里响起了《空白格》：“我想你是爱我的，我猜你也舍不得”，眼泪忽然就下来了。

刘峰想起在一次音乐课上，音乐老师问谁会弹钢琴，同学纷纷起哄让她上去。但是最后她还是没上去。下课的时候，她拉着他偷偷跑回了琴房，让他坐在钢琴的前面。

她的指尖在琴键上起伏，《空白格》的旋律响起。弹完以后对着他说：“这是我最喜欢的一首曲子，我只想弹给你一个人听。”

高考过后，他们俩去了不同的城市上大学。刘峰大学四年没找女朋友，因为放不下她。

刘峰用注册的微博小号关注她，把她设为特别关心，她的每条动态必看，她关注的人他也会关注，希望能从她身边人的动态里多看她几眼。

为了看她的QQ空间不被发现，他大一那年就开通了黄钻，因为黄钻有个功能可以删除访客记录。

大学四年她换了两个男朋友，当上了学生会的副主席，有了很多支持她的闺蜜和学弟学妹。

说实话，我觉得一个人爱得这么卑微挺可笑的，微博、QQ 空间、微信朋友圈……所有有关她的动态，他了若指掌。

大四那年她又恢复单身了。暑假的时候，他怕自己后悔一辈子，他想复合。那是这四年里他第一次找她聊天。

“好久不见了，有没有空，晚上一块吃个饭。”发出去以后他忐忑地等了三分钟，看着聊天框显示的正在输入，他心里特别怕她拒绝。

三分钟后，他收到了一个消息，她没有拒绝也没有答应，只是说：“只有我们两个吗？感觉有点尴尬。”

其实没收到消息以前，刘峰心里还是有一丝侥幸的，他想她是不是还喜欢我，她是不是也放不下我。

收到她消息的那一刻，刘峰反而没有那么难过了。他模糊而清晰地发觉，他没有那么爱她了，也没有那么喜欢她了，忽然就放下了。

刘峰没有继续争取，开玩笑地说：“下次见你的时候我提前组织一下同学聚会。”

从那之后，刘峰不再关心她的微信朋友圈，也不再关心她以后怎么样了，更不关心她和谁在一块了。偶尔看到她过得好的时候会点赞。再听起《空白格》的时候，也不会有拿刀剜心的疼了。

七年了，忽然就释怀了，没有轰轰烈烈，没有泪流满面。只是在那一瞬间，就把一个曾经非她不可的人放弃了。

其实在爱情里，男人和女人同样卑微。都是愚蠢至极，都是小心翼翼，都是递给对方一把刀，然后站着不动让对方拿着刀一遍遍地伤害自己。

被刀割伤的时候，冷汗、泪水、血浆交织着汇成小河在你面前流淌。所以我们都以为自己忘不了他，放不下他，离不开他，更非他不可。

但其实都是你以为。放不下的感情就像是一辆在漫长隧道里前行的列车，这条隧道很长、很黑，黑到令人窒息。列车很快，也可能很慢，轨道很长，也可能很破。但列车一定会驶出隧道，一定会见到阳光，一定会接触最新鲜的氧气，一定会……

放弃一个人是什么感觉?

有人说，就像一把火烧了你住了很久的房子，你看着那些残骸和土灰的绝望。

你知道那是你家，但已经回不去了。

我的孤独虽败犹荣

有人问孤独是什么？

“晴空万里，却没有可以约出去玩的朋友。于是在微博发个自以为搞笑的段子，三个小时没有人回复。

打开 QQ 群，所有人的话题你都插不上嘴。最后打开知乎回答问题，连个点赞的人都没有。

然后你早早睡了，你梦见和好多人在一起打雪仗，大家笑得很开心，很开心。”

这是知乎网友 @ 非凡大陆的回答，句句扎心。

可你以为这就是孤独了吗？

其实在生活中，我们还有更多的孤独的时候。

01

王彬是我师弟，他是重庆人，在山东上学。

他们宿舍有四个人，只有他一个外地的。上次“五一”假期的前一天晚上，他们宿舍的四个人在外面吃饭，一边吃饭，一边打“王者荣耀”。

打了半夜的王者荣耀，王彬坑了半夜，大家一边骂他坑，一边喝酒。虽然王彬那天晚上喝多了，但那天晚上他是真的很开心。

王彬第二天醒的时候，已经是下午一点，宿舍其他三张床都空了——三个舍友都回家了，只剩他一个人。

洗漱后去食堂买饭，那个往常人挤人的食堂，现在只有小猫两三只，十几个打饭的窗口只有两个还开着。菜差不多都凉了，王彬随便买了一些。

回到宿舍，吃了两口饭，打开手机锁屏，点开王者荣耀，坐在床上打了一个回合，不出意外，又把队友“坑”了。

王彬转头看了一遍宿舍，空荡荡的，只有他一个人，没有出现预料中的室友的吐槽。

王彬在宿舍里大喊了好多声，没有任何回应，三个床空了，宿舍空了，感觉身边的世界都是空的。没有人去分享他那一瞬间的感受。

所谓孤独大概就是，你玩游戏拿了五杀或你“坑”到让队友骂娘，但是身边都没有一个夸你或者骂你的人，只有你自己。

本来我以为，孤独就是遇见很多困难，身边没有人可以帮忙分担，你只能独自一人奋战。

听他讲完我才明白，孤独是既没有人分享，也没有人分担。

02

我的同事李艳也讲了一个关于她的故事。

李艳上大学的时候，有两个室友是高中同学。

有一次她们三个一起出门，那天的气温有三十多摄氏度，特别热，在外边走了五分钟晒得妆都花了大半。她们三个只好躲进了路边的麦当劳，排队买餐的时候，她排在两个室友中间。

这时，李艳前面的室友突然转过头，问站在她身后的室友：“你要不要吃麦旋风，第二个半价！”

李艳背后的舍友说：“好啊。”

李艳站在她们俩中间，感觉自己就像一个透明人。

过了一会，排在最前面的室友好像想起了什么，转头客套地问了她一句："你吃麦旋风吗？"

李艳笑着说："我不喜欢吃麦旋风，再说今天不大方便，不能吃凉的。"

其实只有李艳自己知道，她根本没有不喜欢吃，更没有什么不方便。

就像小津安二郎说的那样："高兴就又跑又跳，悲伤就又哭又喊，那是上野动物园猴子干的事。笑在脸上，哭在心里。说出心里相反的语言，做出心里相反的脸色，这才叫人哪！"

取完餐吃饭的时候，也是她们两人聊天，聊她们高中的话题，李艳完全插不进话。

李艳在一边玩手机，刷微博，刷微信朋友圈，其实什么也没看进去，一下午也不知道自己看的是什么。

所谓孤独大概就是，你和两个朋友一起出去，第二杯半价没有你，聊天也没有你，你就像空气。

有人说，一个人去吃饭，看见第二份半价的时候最孤独。

我想说，三个人去吃饭，两个人参加了第二份半价活动，剩下的那个人才是真正的孤独。

03

我有一次通过转发微博中了两张电影票，当时特别高兴，那是我第一次在微博里中奖。电影票是周六的，位置和时间也特别好。

打电话联系了同事和朋友。结果，大家要么有约，要么加班，要么说太热了不想出来。

自己拿着两张票，一个人去看了一场电影。看电影的时候，周围的人都成双成对，只有我是一个人来的，如果从银幕前往观众席上看的话，我应该是最突兀的。

忍不住有些落寞，于是发了一个矫情无比的微信朋友圈：

“从童年起，我便独自一人照顾着历代星辰。”

看电影的过程中，我一直用手机刷新微信朋友圈。看有没有评论，有没有点赞。

过了很长时间，除了零星的一个点赞外，没有任何人回复。

直到电影结束，我只在我的那条微信朋友圈动态下，看到了一个点赞。于是我自己在那条微信朋友圈动态下统一回复道：“谢谢大家的关心，我挺好的。”

其实根本没人留言。

我们经常这样，以为发一个矫情无助的微信朋友圈动态会有很多人留言关心，结果一天过去了，那条矫情的动态下只有你妈给你评论，后来索性删了这条微信朋友圈动态，或者自己假装评论一条。

有的时候手机突然没电，几个小时没能开机，火急火燎地回到家，本以为会有很多人找你。

回家第一件事就把手机充上电，开机之后立刻打开微信，一看竟有几百条未读消息，还有人 @ 你，点进去之后才发现，几百条未读信息全是群聊，发现 @ 你的那条消息是老板布置工作的信息，还是 @ 了所有人。

所谓孤独大概就是，人类发明了越来越先进的社交工具，别人可以越来越轻易地找到你。但其实，根本没有人找你。

04

有人说，孤独从字面上可以拆开看，有小孩子，有水果，有走兽，有蚊蝇，足以撑起一个盛夏傍晚的巷子口，人情味十足。

小孩、水果、走兽、蚊蝇当然热闹，可都和你无关，这就是孤独。

有人说孤独在文章里，孔乙己问店小二，你可知道“茴”字有几种写法？也很孤独。

我想说孤独就在我们身边。

我们在异乡拼搏，生病了自己去医院，自己去挂号；过生日的时候只有 QQ 邮箱发来的生日快乐；还不到月底流量套餐就已经用完了，通话套餐却一点没用；难过的时候，翻遍手机通讯录、QQ 好友列表，微信好友列表，最后却不知道该找谁倾诉。

知乎上关于孤独专题的介绍是，有人享受它，但绝大多数都在逃避它。

享受孤独的人，大都经历了无数次的孤独。他们说孤独真好，他们习惯了孤独。

我就是他们中的一员。我说自己享受孤独，我说自己习惯孤独，我说我的孤独虽败犹荣。

第二章

努力是为了可以选择

收获 BAT Offer

一个人在熟悉的环境里待久了会陷入一种盲目的自我满足感中。这种满足感不仅让我们觉得自己还不错，还容易使自己对外部环境的判断出现偏差。

在我拒绝“坤音娱乐”的加盟邀请，执意留在原公司的时候，我就是陷在了这种满足感中。

01

那时我在原公司做副主编，每天坐在办公室的电脑前写写稿子，就能月入两万加，这对我来说轻松又舒服，我感到非常满足，觉得大部分的同龄人都不如我。每次下班走出公司大楼看到公司的 Logo 的时候，我都想，我要在这里做一辈子。

直到有一天，我这舒适安逸的小生活被人投入了一颗石子。在“坤音娱乐”的朋友突然找到我，让我去负责他们新媒体的工作。他们说：“‘坤音娱乐’之后会推出‘坤音四子’，参加《偶像练习生》，他们一定会大火的。”听完后我还特意去百度了一下，一家从来没听过的公司，报道也找不出几条，怎么可能这么容易火？况且这还是个名不见经传的小公司……这么想着，我便委婉地拒绝了那个朋友。

结果没过多久我就被打脸了。几天后我去上班，总能听到办公室的同事讨论一档男子选秀综艺节目，女同事们还对一个叫“坤坤”的人犯花痴。我赶紧去翻那个朋友的朋友圈，发现这档节目就是他之前跟我说的《偶像练习生》。节目播出后，“坤音四子”大火，坤音娱乐公司也趁此机会融资过亿。我看着这迅速发生的一切，看着自己亲手拒绝的前途，痛心疾首。

那一刻我突然明白了，留在一个熟悉的环境做自己擅长的工作，舒服且安稳，却很容易让人迷失。一成不变的人生没有前进的可能，它只会把我滞留在人生的十字路口，让我看着绿灯亮起，却驻足不愿离去。

我要改变。

只有敢于跳出舒适圈，才有更美好的未来。

02

从那之后，我决定重新规划未来的道路，也尝试着多了解“外面的世界”。

我开始往各种招聘网站投简历，很快，就有一家互联网公司的猎头找到了我。这次，我决定不管结果如何，也要试一试。

以前我也做过面试官，面试的时候该怎么表现，要注意些什么，我都心里有数。可是，当我成为一个被面试者的时候，我才发现这跟我想象的不一样。

问题回答得结结巴巴就算了，我没想到面试官突然问了我一句:“你的缺点是什么？”我一下子懵了，脑子里只有一句话:“我缺点你。”然后便扑哧一声笑了出来。最后，这场面试以一种非常尴尬的局面告终。

那一刻我才明白，原来，我不像自己想象的那么好。

现实就这么泼了我一盆冷水，让我感到很挫败。那天面试完回家后，我一直蹲在阳台上抽烟，陷入了深深的自我怀疑。当我抽完整整两盒烟后，看着满地的烟头，我感到很悲凉。不能再这么下去了，以后我想进 BAT 工作，这种水平，怎么进得去呢？于是，我决定在正式面试 BAT 之前，先找几家公司练练手。

从阳台返回房间后，我马上打开电脑，把写好的简历挂在各大招聘网站上，也找朋友帮忙内推。第二天，我就收到了一家新媒体公司的面试邀请。

03

我原本并不是很想进入这家公司，但这是一个再次感受面试的机会，我还是认真准备了一下去了。

这场面试的过程非常具有戏剧性。我提前十分钟到达面试地点，面试官却摆起了架子，让我再等个十分钟。

这让我对这场面试产生了反感情绪。面试的时候，我和面试官的气场极度不合，他总是想方设法挑我的毛病，拿着我简历里的数据一个个细问，一副不相信我的态度。我也决定毫不让步，他问一个我答一个，结果我和面试官进行了两个多小时的互怼。

然而，问着问着，这个面试官发现我竟然问不倒，“嗯……是个人才”。于是他又转变了态度，开始向我示好，要直接给我安排 CEO 的面试。

在进行了两个多小时的拉锯战后，我已经获得了足够多的经验。因为本来就不想进入这家公司，我赶紧拒绝说：“我今天没有准备 CEO 的面试。”便“逃之夭夭”了。

这场面试过后，一种畅快的感觉蔓延开来。原来面试的套路是这样的，我摸到了面试的门路。

04

接下来，我便开始准备 BAT 的面试。我先根据之前的面试经验修改自己的简历，比如将一些数据和项目名称标黑，以便引导面试官问我相关的问题；也将一些有趣的经历提前，让面试官看到我的亮点。经过几次修改后，我的简历达到了几近完美的程度。

我在之前的面试中发现，相似岗位的面试官提的问题也都很相似，怎么都逃不出我那两个小时里被问过的问题。于是，我又根据那些问题，不断完善自己的回答，在之后的每一次面试中，都没有给面试官留下任何问倒我的机会。

我就这么收获了 BAT 的所有 Offer。

收获 Offer 当然开心，但更让我受益匪浅的，是我在每一场面试中得到的经验。

从第一次错失良机，明白一个人应该不断往外看、向前走，后来在一次又一次的面试中发现自己的不足，并改善自己在面试中的表现，我的能力在这次跳槽经历中获得了提升，我的人生，也因此有了更多的可能。

人生就像一截木头，可以选择熊熊燃烧，也可以选择慢慢腐朽。

面对外界的机会和挑战，站在舒适圈的我们往往会犹豫，舍不得原来的安稳环境，畏惧未知世界里的危险。

但一成不变只能换来腐朽的结果。

当你在犹豫不决的时候，这个世界就很大；当你勇敢踏出第一步的时候，这个世界就很小。跳槽也好，进入 BAT 也罢，就算是辞职也无所谓，只要能让你跳出舒适圈，唤醒自我生命的活力，就应该义无反顾地去闯。只有闯，才能让我们发现自己的边界，也让我们有发现世界的边界的可能。

而当你终于征战归来时，你想要什么，你便有什么。

职场试用期

今年五月，我从之前的公司辞职，入职到现在的公司。作为部门年纪最小的新人，难以融入同事们的世界。从试用期第一天起，就状况百出：

拿错总监物品，被怀疑人品有问题。

临时背锅，在一个重要会议中出现工作失误，被老板痛骂一顿。

……

01

五月四日，入职公司的第一天。

从一周前通过面试后，我的知乎搜索记录从“王者荣耀××攻略”变成了“职场新人必须知道的十条准则”“如何快速融入同事”“职场新人，入职第一天要做些什么”……

入职前一天晚上，在搜索过十几次“互联网公司职场穿搭指南”后，我打开微信，斟酌着字句询问新同事公司上班穿搭的禁忌，生怕在公司穿得太过突兀，引起其他人异样的眼光。

职场准则第一条：提前到达工作岗位，给 HR 留下好印象。早上八点五十分，我提前十分钟到了公司。

职场新人自我介绍的规则——简洁明了，给同事留下较好的第一印象即可。

“大家早上好，我是吕白，很荣幸加入咱们 ×× 部……以后还请大家多关照。”但好像，同事们并不太在意，只是例行公事般地对我进行了礼貌的欢迎，然后就继续工作了。算了，可能是周一综合征，大家还没有调适过来，应该不是不欢迎我，嗯，一定不是。

如何快速融入同事第一条：为大家准备下午茶，记得要多买两份，防止出现意外情况。

下午两点，我打开美团外卖，搜索附近畅销的下午茶。下午三点十五，拿到下午茶，严格执行职场攻略。

“哎，吕白，你刚来第一天不知道，我只喝冰咖啡的，下次记得哦。”艾米朝我眨了眨眼。

“公司茶水间的奶茶也很好喝的，我喝习惯了，喝那个就行，下次你也可以尝尝。”

“啊，谢谢你，但我在戒糖，好久不喝了。不好意思啊。”

……

直到下班，下午茶还剩下十五杯，最后都被保洁阿姨扔进了垃圾桶。

点赞数最高的职场攻略，似乎收效甚微。

五月十七日，试用期已经近半。

“谁拿走了我的笔记本电脑充电线，抓紧还给我，急用！”

“谁拿走了我的笔记本电脑充电线，抓紧还给我，急用！”

“谁拿走了我的笔记本电脑充电线，抓紧还给我，急用！”

微信群里，总监开始暴走。“唔，这个拿了充电线的人也太惨了，按照总监现在的暴躁程度，挨骂是板上钉钉的事儿。”我有些幸灾乐祸。

充电线、充电线……好像是我今天早晨……

“总监，我今天上午写策划的时候电脑没电了，您的工位不是正好在我旁边吗，我、我就顺手拿着用了一下。结果一开会我就把这事儿忘了，以为是我的充电线，真的不好意思……”我把充电器递给总监，说话的声音越来越小。

“顺手拿着用了一下就用了一整天？那你可真够顺手的，要不要改天顺手多报几张发票，让公司多给你开点钱啊？”总监的咆哮声整个办公室都听得到。

“哎！吕白会不会是人品有问题啊？”我瞥到了总监亮起

的手机屏幕上显示的群聊消息，那个群里，没有我。

我真的只是顺手用了一下忘记还，为什么要用这么大的恶意来揣测？为什么要孤立我？

那天晚上我做了一个梦，公司新的策划方案被泄密，同事们将我团团围住，指着我说是我出卖了公司。我拼命张口，却说不出一句话。惊醒后，我望着天花板发呆，直到起床铃声响起。

02

五月三十一号，试用期到了尾声。

一周前，总监让我辅助阿杰做一个七夕线上宣传的策划案。我已经连续一周加班到很晚了，额头上长了一排痘痘，只能用刘海勉强遮住。

“吕白，今天上午十点部门开会汇报七夕策划进展，阿杰今天一早临时出差了，你就主讲吧。”早上刚睁开眼，就看到了总监凌晨发给我的微信。

“完蛋了！现在已经七点半了！”什么都没准备的我，茫然地一遍遍抓着头发，企图获得什么灵感。从前天起，策划案就陷入了僵局，我和阿杰想的几个方案连自己都说服不了。昨天阿杰说先缓一缓，过两天再想新的方案。

“总监，目前方案还不太完善，而且这个主要是阿杰负责，我只是个起辅助作用的新人。能不能这次先不汇报，等我们有了成熟的想法再……”我叹了一口气，硬着头皮给总监回微信。

“呵呵。”总监回了我两个字后再没理我。

毫无意外，那天在会议室，总监当着部门所有人，把我大骂一顿。“我真不明白你当初是怎么通过面试的，你微信策划不是很厉害吗？这就把你难住了，也不过如此嘛！再给你两天时间，做不出我满意的策划，试用期结束你就走吧！”

之后，我两天没回家，困了就在公司的休息室里眯一会儿，做了数不清多少次的用户行为分析，想方设法地看了公司三年来的所有宣传策划。无数次拿起手机想向同事请教，却又害怕看到他们轻视的眼光，认为我不过如此，连一份策划都做不好。最后咖啡喝到闻到咖啡味儿就条件反射地想吐，终于在第三天上班前将方案发到了总监的邮箱。

“你见过凌晨四点的北京吗？”

“我见过，在不得不对生活做出妥协的时候。”

艾米只喝星巴克的冰咖啡；晓涵在减肥，拒绝一切形式的下午茶；阿杰是重度甜品依赖者，奶茶一定要全糖；总监最讨厌速溶咖啡……入职的第二个月，我已经把大家的喜好倒背如流。哦对，保洁阿姨每天下午六点来打扫卫生，她最喜欢喝楼下“一点点”的“四季春”。就在刚刚，艾米还给我发消息，邀请我周五晚上下班一起去打网球。瑞哥说我入职的那天正好赶上了交部门工作总结的日子，所以大家没空理我。“我当时其实抬头看了你一眼，就觉得我部门第一帅哥的称号要被你抢走了。”

03

有一天早上晨会，总监电脑没电了，他也拿了我的充电线。不过，他用之前给我打了个电话，征求了我的同意。总监用行动，给我上了一课——成年人的职场生活里，事先询问比事后道歉更重要。通过试用期后，总监将我拉入了那天我从他手机屏幕上瞥到的群，原来那才是部门的正式员工群。

交完策划书一周后，阿杰终于出差回来。“我和你说，总监江湖人称‘怼怼’，在会上被骂简直是家常便饭，他的口头禅就是：压力越大动力越大。其实他人特好，你的转正报告，就是他批下来的，那天在电梯里还听到他和副总说要好好培养你呢！”

好像初入职场的时候，我们总会感到无比焦虑，看多了“有时候办公软件的便利，不过是为心理上的疏远找了一个体面的借口”这样的毒鸡汤，认为同事关系就像宫斗剧，要步步为营，小心算计。其实，所有的不安都来源于想得太多，经历的太少。同事不回你的消息，大多是因为太忙；老板骂你凶你，是觉得你还有进步的空间；不必对曾经的错误耿耿于怀，因为可能只有你一个人记得。

职场真正的升级攻略，是实力。

想在大学生创业大赛中拿“国奖”，看这篇就够了

我大三的时候，就在各大正规创业比赛中屡次获奖。

二〇一六年挑战杯（创青春）国家铜奖；山东省赛金奖推荐国赛；第一届互联网 + 五项作品获得省级奖励，等等。

以上每次参加比赛都是一个新的项目，没有一次重复。现任山东师范大学数学科学学院创业导师。

1. **顺应国家大趋势**（如果现在的创业项目还做一些简单的粗钢技术，煤炭技术，违反国家政策趋势，必不会长久！顺应宏观经济，跟紧政策，才能分得红利）。

2. **所选行业项目无龙头**（千万不要再做旅游了，千万不要再选打车了，千万不要再选直播了，红海泛滥，评委都是投资人，或者是做过投资的，这些项目早就红海泛滥了）。

3. **所选项目在美国或者台湾地区有对标公司，且国内还没有龙头企业**（现在的中国互联网和美国硅谷的互联网差不多，比如滴滴与 Uber，京东与亚马逊，微博与 Twitter，人人网

与 Facebook）。

4. **推荐方向**（在线教育，知识付费，IP 产业，互联网农业，互联网金融，母婴产业，企业与高校信息不对称，3D 打印，中药产业，各种高新技术类产业，VR，小资生活关注数量庞大的新兴中产阶级，以及围绕职场的需求开展的活动，等等）。

策划书的内容要求

1. 国赛项目策划书页数，不低于五十页；

2. 策划书必须是：

（1）图文结合（五行字以上必放图）；

（2）用数据证明观点（所有的观点，都要用权威统计机构给出的数据、自己实地调研的数据，或者自己编的数据，辅助证明）；

（3）图表云集（饼形图、柱状图、折线图、扇形图、点状图，等等）。

3. 策划书一定要美观：把策划书做的每页都像杂志。

执行纲要

总结一句话：不拖拉，不磨叽。一页纸讲清“自己”是什么。

1. 是什么（产品或服务）；

2. 怎么做（商业模式）；

3. 怎么赚钱（盈利点）。

因为网申的策划书项目种类多，项目数量多，项目模式多，评委根本没时间去仔细看，如果你的策划书十分简洁明了，让评委看完第一页就知道你的完整的项目及运营盈利，一定会让你加分不少。

一张纸说清楚这三个就行，让评委通过这一张纸，就能了解你的商业项目的本质。

产品及服务

总结一句话：产品、服务是什么，解决了谁的需求，别人为什么要用你的产品而不用其他的。

1. **产品介绍：**产品是什么？是为了解决什么需求？

2. **产品设计：**产品是由哪几个部分组成的？这几个部分有什么特点？

3. **产品制作：**比赛分到文化创意组的产品，产品制作尤为重要。因为文化创意组的产品制作流程，不像传统的产业流程为大众熟知。

4. **产品展示：**放一些产品相关的素材。

5. **服务：**是什么，解决了什么需求？

6. **综合优势：**产品及服务有什么优势？

市场与营销

总结：从宏观行业分——细分行业分析——产业链结构分析——产业链结构某一细分点分析——得出能在这一点活下来比别人强的原因——实地调研验证分析结果——竞品分析得出优势——效果对比证明成效——营销环节。

1. **宏观行业分析：**分析你项目所在的整个大行业的相关政策（顺应潮流，大行业市场广阔，市值大，你的项目就容易分一杯羹）。

推荐分析方法：PEST，可以截一些国家政策的图，推荐截图网站，新华社，人民日报。

2. **细分行业分析：**分析项目所在的细分行业发展状况。

（1）做细分行业市场竞品分析，分析竞品优势；

（2）与竞品优势做 SWOT 分析，得出现在面临的机遇与挑战。

推荐分析法：竞品分析法，SWOT 分析法。

3. **细分行业产业链分析：**分析细分行业产业链。

（1）市值怎么样？

（2）需求频次怎么样？

（3）有没有龙头？

4. **综合优势。**

通过对细分领域产业链的综合分析，××产品的

×××，凭借其突出的核心竞争优势，以高频次的××需求为切入点，并且抓住××产业链的××环节（无龙头的），可以谋求自身的快速发展。

5. **实地调研。**

用数据证明以上结论。

（1）多地区：去多个地方，给目标受众分发调查问卷；

（2）多角度：通过专业第三方数据公司统计的数据，社交媒体，搜索软件到关键词出现频率相互交织得出。

6. **竞品分析。**

通过对比得出为什么能在这个细分市场占有一席之地，换句话说，你的目标客户为什么要用你的产品，而不用其他产品。

7. **效果证明。**

用了产品后的效果，如果你是服务型企业，要有客户反馈。

8. **竞争优势。**

综合以上，从市场容量，细分市场，产业链增值，竞品分析，综合得出你的竞争优势。

9. **营销策略。**

分线上线下，不要面面俱到，选重点写。

线上重点：写新媒体营销，如微博，微信；

线下重点写：讲座，传单，海报，路演。

商业模式

总括：商业模式＝营运模式＋盈利模式

1. **商业模式图（总括）**。

画一个流程图（也称生态闭环图），就是你的公司怎么运作，你的目标客户是谁，你的服务怎么实现，你的渠道，你的客户关系维护。

2. **公司服务。**

公司的服务以什么为主，都有哪些具体到线上线下的服务。

3. **客户细分。**

简单明了说明你的客户是谁，可以做一个用户画像。

4. **渠道通路。**

怎么分发你的产品？怎么售卖你的服务？

5. **客户关系。**

怎么让客户持续用你的产品？

6. **核心资源。**

你的产品、服务有什么核心竞争力？

7. **成本结构。**

你的产品、服务成本是多少？

8. **合作案例。**

都和哪些公司合作过。

9. **赢利点。**

简单明了说明。

团队介绍

根据个人情况写。

公司战略

战略分三步走：

初期：做规模，项目规模、用户以及预期盈利都是拿投资的必备条件；

中期：谈收入，重点突出你的现金流预期。根据预估稍微夸大一些；

愿景：讲故事。你将占有哪些产业链，整合哪些资源，形成什么样的闭环生态圈，造就什么样的商业帝国。

财务及融资计划

1. 注册资本与股权构成：

（1）公司的注册资本；

（2）股东股权的构成比例。

2. 融资计划。

三年预期，推荐小步多融方式，现在投资圈比较喜欢的方式，就是现阶段用多少钱就融多少钱，不一口吃成胖子。

3. 投资收益与风险估计。

（1）净现值（NPV）反映投资方案近期获利能力的动态评价指标；

（2）静态投资回收期（PP）＝累计现金流量开始出现正值的年份－1＋上一年度累计现金流量的绝对值或者当年净现金流量；

（3）内涵报酬率（IRR）。

4. 财务分析。

（1）产品、服务价格表；

（2）利润表；

（3）现金流量表；

（4）资产负债表。

5. 财务指标分析：所有数据都参考上面的三个表。

（1）盈利能力；

（2）营运能力；

（3）偿债能力。

6. 资产结构，资本结构，财务结构。

参考现金流量表，资产负债表和利润表。

附件

1. 公司的工商登记表；

2. 做的调查问卷的内容；

3. 修改策划的文件夹：比如策划书，第一版，第二版，第三版……第 N 版；

4. 合作案例；

5. 调研照片；

6. 团队聚餐；

7. 熬夜工作；

8. 你能想到的最接近真实的东西。

外观

1. 字少（不要把每一页都写满字，你以为你是大学老师讲课？）；

2. 简单，大气（背景以纯色，黑色、白色为主）；

3. 走互联网风格的 PPT 最受欢迎（评委基本都是投资人）。

内容

经过多个比赛的实操与多个国赛评委的把脉，得出来以下几点经验：

需求洞察：分析目标客群的需求是什么，找出痛点，让痛点更痛。

解决方案：你的产品或者服务如何解决客户的需求点。

效果展示：解决的效果怎么样，与竞品或者传统相比，有哪些显著的 KPI 指标体现？

盈利方式：在解决问题的哪个阶段收费？

财务及融资：现金流量表，资产负债表，利润表，以及你的融资预期。

愿景展望：讲故事；

推荐方式：可以放三十秒宣传视频，效果会更好。

1. **一个创业者领头：**团队的队长就像书记，需要有一个掌舵领队的，并且这个领队有一票否决权，可以控制团队的正常发展。心理学证明：每个人都有表现欲，每个人都渴望自己的观点被采纳，渴望自己的方案、方向被重视，如果一人一句，项目可能就永远推进不了。这个队长最好是有创业经验的人！因为创业者的思维和直觉，远远高于在校大学生的思想。

2. **一群执行的人：**分工写策划，搜集材料，美化策划书。统一思路后，修改策划，美工加工。这群人不用那么有思想，不用那么有创意，不用那么有光辉的履历，能完成好给他们安排的任务就好。这样团队才能保持高效运转。

3. **一个懂财务的人：**Q&A 的时候投资人往往会问一下财务知识 NPV，PP，IRR，现金流量表，资产负债表，利润表。推荐研究生。因为无论是国内本科还是国外本科生，本科阶段接触的知识一般是不能够理解这些内在的东西的。

大学四年，养成的这 7 个习惯影响了我一生

你的一天怎么度过，你的一生也怎么度过。

前几天有个读者向我咨询：

“我天天起早贪黑地去上自习，但是效率特别低。看书的时候，经常看着看着就走神了。要么过一会就玩手机，我该怎么办？”

前几天有点事耽搁了，今天专门为她写一篇文章。

接下来讲的方法，简单易行，是我大学四年尝试并坚持的诸多习惯里，最高效，最实用，最靠谱的习惯。

这不是什么成功学，这是最靠谱，最有趣，最有用的干货。

即使你只做了其中的三个，对你今后的工作和生活也一定会有极大的作用！

好了直接上干货：

1. **列清单**。（每天使用 1% 的时间，进步 1%，成为 1% 的人！）

为什么要列清单呢？有研究表明，把事情写下来，最后能

做到的概率，会提高33%。

当我们把事情写下来的时候，会更加清楚自己在做什么，想做什么，也会让自己更有条理，更有动力去完成要做的事情。

坚持列清单，还可以摆脱成天困扰你的迷茫与低效率，让你每天都过得充实与“累”。

（1）早晨起来第一件事，打开电脑、手机或者拿一张纸，列出你今天要做的几件事；

（2）把这几件事标清轻重缓急，以及重要程度，方便安排时间的前后与做这件事的用时；

（3）不要一口吃成一个胖子，从早晨八点开始到晚上十点的时间，如果是刚开始，你可以先试着完成三件事，然后慢慢进步。理论上来讲，一般每天完成5—7件事，并且坚持，就已经是非常高的效率了，坚持一个月以上，你会比没做计划的时候有十分显著的进步。

清单可以用于你生活的方方面面，比如去超市买东西，你可以尝试着计时，你会发现，清单会让你提高数十倍的效率，而且还可以省钱。

2. **每天反思。**

可能很多人在做完一件事后，总是在想：

“如果这个世界上有后悔药就好了。”

“我如果那么做会好很多。”

“这个机会就这么错过了……”

“唉！要是重新来，这个错误我一定可以避免。”

对于这些事后“诸葛”，我只能说，要是不反思，重新来你还是会错。

世界上怎么会有后悔药这种玩意！我们肯定做不到重新开始，但我们可以做到在下次遇到同种类型，同样的事的时候，我们可以比之前做得更好也可以避免在同一个坑里跌倒无数次。

每晚睡觉前：吾日四省吾身。

（1）每天睡前，首先想想今天列的计划是否都已完成？完成的满意度如何？明天的计划是加指标还是减少指标？

一般这个时候，虽然嘴上不说，但身体却很诚实地把指标减少了，这种时候，一定要克制……强制给自己做加法……

（2）今天学到了哪些新技能？看到了哪本好书？找到了哪首好歌？有没有在自习室看到帅哥美女？（最后一条就是我天天去图书馆的动力，每当自己想罢工的时候，我就告诉自己，你万一遇到美女，美女又和你坐到一块儿，你该有多幸福？）

（3）今天做这件事的工作方法，我能不能再改进。这个错误，我能不能下次不犯？清单的时间安排得是否不合理？

（4）周周总结，你会吃惊地看到自己每一周的不足！

3. **反思与进步：**用思维导图，解决任何问题。

我是一个思维导图极度爱好者，甚至可以用疯狂来形容，闲着没事的时候，看本武侠小说都得用思维导图分析他的写作结构……

老实说，你用思维导图和不用思维导图解决事情，产生的效果可能会相差 70% 以上。

一点都不夸张，我以前不懂思维导图的时候，写一篇文章，东拼西凑，写着写着就忘了该写啥了，如果中途被别人打断，整个人就完全处于“死机”状态……

（1）我个人喜欢用鱼骨图，推荐几个，比如百度脑图，匿名思维导图；

（2）每天的清单也可以用思维导图来列；

（3）用思维导图，可以让你三小时内得到一本工具书的“精华”（方法：看书的目录，然后根据目录将书分成几个大部分，然后以章节名为组成部分）；

列出大纲去读工具书，简直就是工具书的灾难，阅读效率事半功倍。

4. **每天写一篇文章。**

每次写文章都是一个对你所学、所思、所看的总结和回顾的过程，不仅能锻炼你的逻辑思维和表达能力，还可以让你明白自己是否真正地懂了一件事。

5. **每天阅读两个小时。**

这是你持续输出的动力，因为“人生有涯，而知无涯”，我们的阅历、知识在时间的长河中都显得太浅薄了。

而阅读可以让你去体会别人的生活，别人的方法，海纳百川，吸纳精华，收归己用。

6. **坚持每天跑步。**

如果可以每天慢跑半小时，坚持，你的身体的各项抵抗力都会有显著的进步。

大学四年我赚了人生中第一桶金

我大三的时候就已经是连续成功创业者，在大学里我做过很多小生意，也组过公司。接下来带着大家重温过去那段累死累活、惨不忍睹的经历。希望这些经历、方法，可以对你有一些启发。

没上大学之前，我家里是做生意的，在一个小县城里收入中等偏上，生活水平还是不错的。

直到我爸的合作伙伴卷钱跑路，银行查封了我家的厂子，后来也是因为现金流断了，厂子倒闭了。我爸妈四十多岁，为了供我读书还得背井离乡去打工。

我一想起曾经那么好面子的爸爸，穿着破旧的衣服在别人的指挥下干活，心里真的是如被刀割般难受。

这段往事，我基本上没和任何人提过，今天写出来，是感觉压在心里的那块石头落了。

从我踏进大学校门以后，我就告诉自己：

“我要赚很多钱，我要养活我自己。”

“我要让我爸妈不要这么辛苦。”

大一：

虽然立的志向很好，但我还是好面子，因为我们专业家境富裕的同学很多，大家都喜欢攀比。如果被他们看到我去打工，那该多丢人啊！以后怎么在同学中间抬起头来。

我找了很多兼职信息，也打了很多电话。但大多数工作地点，要么在学校很显眼的地方促销商品，要么就是那种又脏又累的活。

当时我软弱了，我无数次问自己我能不能坚持下去？那天晚上我在操场上漫无目的地走到了半夜。再后来，我走出了校门，走了很远的路，我自己都不知道走到哪了。当时大脑一片空白。

再后来，天亮了，我给我妈打了一个电话，我问她在干什么？我妈说：“刚干完活。”后来我才知道，他们为了赚钱，不管白天还是晚上，只要有活就干。

可怜天下父母心啊！

那一瞬间我坚定了我的信念，我要变得很有钱，我要有很多的钱，我要比一般人努力一千倍一万倍。我要改变我家里的生活。

我的第一份工作是一个小学生的语文家教，我至今还记得当初那个孩子的妈妈对我的质疑：“学空乘的能教得了小学吗？”

然后我主动把时薪从每小时40元，调成了20元，她才勉强满意地点了点头。

两个月后，这个孩子的语文成绩有了显著的提升，写作文经常引用一些《孟子》《大学》《论语》中的话。其实都是我提前写好，让他背，每次总结阅读理解的规律都到半夜。

第三个月的时候，一次偶然的机会，我在宿舍里接触了一个拿着可乐来让我们下载注册APP的师哥。深聊以后才知道，原来给别人可乐，让别人下载APP我们也可以赚钱！

再后来，我成了这个团队的中坚力量。我开始招募兼职，给推广人员培训话术和流程，之后，兼职团队发展到了五十多人，覆盖了大学城的八所大学。

千盼万盼中机会来了，当时“百团”大战如火如荼，美团险胜，成了业内第一，趁机切入“O2O”外卖行业，甚至做出了垂直领域的一款APP——美团外卖。

那时候我就已经出来单干了，经过中间人的介绍，我和另外几个经常做推广的人去找了这次任务的发起人，他的意思也很明白，他要量，谁给的量多让谁做，钱不是问题。

然后他试探着问：“谁能一周做一万的下载量？”这话一出，大家都蒙了，以前都是小打小闹，哪做过这种“大型”的活动，一分钟过去了，还是没人说话。然后我一咬牙说：“我行！但是我要济南地区的独家。”

其实当初说这句话的时候，我心里一点底都没有。那个负责人很严厉地说：“如果做不到你能承担后果吗？”当时也不知道我哪根筋不对，说了“能”。现在回想起来，那个时候的我真是有勇气啊！要是搁现在的我，肯定是不会答应的。

再后来，他给了我三天的时间准备，提供 3000 元预付金和一些物料、条幅、传单之类的东西。我绞尽脑汁，想着怎么把这 1 万的量做出来。

当时用了四个方法：

（1）自建团队招募，我拿小头，他们拿大头，阶梯制奖励；

（2）联系社团、学生会，提供预付款，先给钱他们再做；

（3）策划活动，让大家自然下载；

（4）网上招募济南其他大学的代理，越多越好。

于是，这场推广如火如荼地展开了。

策划活动的时候，我记得我们当初借鉴了人人网的模式。包了几辆车，大家下载完就可以免费坐车到车站。

然后在校园里贴了很多小广告，故事类型的，就是一张白色的纸，上面写了多个简短凄美的爱情故事，最后的落款是 ××× 产品，附上二维码。

为了编这些狗血爱情故事，我在网上搜索、自己编，然后雇人写。

我们几乎把小广告贴遍了所有能贴的地方。然后和超市合作，在大学城的商业街和商家合作，和学校的奶茶店合作……总之，能合作的都合作了，不能合作的也得贴个二维码再走。

抢占快递点，大家等着拿快递的时候，可以一边排队一边下载 APP……再后来，我超额完成了这一万单。完成后我在床上睡了一天一夜，还生了一场病，头发都白了好多根。

大一下学期，就是二〇一四年下半年，微信公众平台刚刚兴起，当初只是感觉比较有意思，试着注册了几个。再后来，通过校学生会认识了一个已经毕业的师哥。他一直在学校做灯光音响生意，跟他深聊之后发现，他也想做公众号，然后我们一拍即合，策划了很多次活动，“校园藏宝”“最美女神”……我把“麻辣校园”做到了当初长清大学城的 N0.1，做到了八万粉丝。我的第一篇爆款文章也是从这上面诞生的。这个数据，在当时的校园公众号中绝对是首屈一指的！

甚至长清区政府还联合我们作为线上唯一宣传媒体，做了当时长清大学城的第一届国防知识竞赛。

二〇一四年，那个时候公众号还没什么广告，为了赚钱，我们做了水果“O2O”项目。做校园水果最后一公里的配送，送到你的床边。

然后做爆款草莓销售，通过微信平台下单。用小米的饥饿营销模式，第一周，日出千单，每单纯利润 4 元左右。

一周后，市场趋于冷静，我们推出了“爱在心里，甜在嘴里”的活动，就是你购买草莓，我们派人送到你女朋友的床前，并提供代写贺卡、代送礼品等服务。

这引起了校园内部分人的疯狂购买，甚至有些女生还主动要求自己的男朋友买草莓。最后产品爆单。存货根本不够，然后我们又加班加点赶制。当客单价的纯利润到了每单 10 块多的时候，我就明白了，产品本身不值钱，产品的附加价值很值钱！

之后，我们被《济南日报》专访。给了一个大版面。

后来我们陆续尝试了“水果拼盘”“水果沙拉”“高端水果榴莲”等等。再后来因为很多原因，我们不得不中止了这个项目。

大二：我们都单飞了。

我继续做着微信公众号平台，那时候，微信公众号平台的红利期来了。天天都是广告，平均一个广告的费用是 2000 多，那时候我有三个平台。一个月最少可以接八个广告。

大三：微信运营老司机。

为公司开了五十多所大学的微信公众号，囊括了七十万在校大学生粉丝，现在已经覆盖全国七十多所大学了。

可以很自豪地说，微信校园营销这一块，国内前五是排得上的。

写这篇文章是回忆自己的大学生活，意思有那么几个：

1. 鞭策自己，忆苦思甜，受到挫折了就看看从前，以前都行，为什么现在不行；

2. 不忘初心，希望任何时候都可以回报父母，然后自己富足；

3. 鼓励那些像我一样家庭条件一般的孩子，给大家提供一些奋斗的思路；

4. 希望可以唤醒那些受到挫折就放弃，稍微努力一点就嫌累的同学们，你们要努力；

5. 最后送给大家一句话："那些杀不死我们的终究成就我们！"正是有了之前的经历，才有了我如今二十多岁就可以傲视大部分同龄人的成就。感谢生命中所有的苦难，加油！

我是如何把一个估值近亿的公司开垮的

谈到这个沉重的话题，我这么幽默、乐观的人，内心都难免一紧。接下来我会平复一下心情，为大家讲述我是如何把公司一步步开垮的……

如果你已经准备创业了，最好读一读，说不定就放弃了。

首先，我们上一个公司的“天使轮”拿了 500 万（实际到账 300 万左右），给了 25% 的股份，然后融 A 轮的时候，每股就变成了估值 100 万，差不多近亿。

接下来我就一点点告诉你，我们是如何从一个盈利且有稳定现金流的公司，慢慢沦落到濒临倒闭的境况。这个过程中发生了很多有趣，也让人哭笑不得的事情。

二〇一四年八月，我参加一个活动，听了清华控股徐井宏老师的分享：“年轻人为什么不干一番事业。”

回去的车上，慢慢意淫着自己出任 CEO，迎娶白富美的场景，然后没过多久，我就在梦里实现了我的理想……

回去以后，我接受了一个初创团队的邀请，开始了我的第三次创业之路……

我还记得那是一个风和日丽的下午，这个初创公司找了很多学校的人（据说都是做出过某种成绩的人），大家聚在一起吹牛，说自己有多厉害……这个初创公司最初的意思就是把他们都聚起来，让每个学校都申请一个微信公众号，然后交给大家运营。

之后，就像小说里写的那样……我是一个自带主角光环的人，1500 元，四万粉丝，过了一个月，两篇阅读量超过十万的文章，然后策划了一个脱单活动，参与度爆表……

就这样，我用了三个月的时间，从一个普通的兼职人员，做到了校园督导，然后是区域总监……凭实力成了创业公司的创始合伙人兼外拓运营总监。

事实证明他们选我还是没错的，因为接下来我用了不到 10 万元，开了五十多个大学微信公众号，吸引了七十多万大学生粉丝。

二〇一四年底，我们的微信公众平台达到了一百万粉丝，六十多个平台，每个月广告产生的现金流就有 10 万左右，然后，我们拿到了 500 万天使投资。

为什么能拿这么多，我为大家解释一下：

我们的模式是一个学校，一个微信平台，一个社团，一个线下团队。我们用了将近半年的时间去做这个重模式的渠道，就是为我们的产品铺路。

当时拿投资的时候，我们的设想一直是：微信平台 + 校园消费金融 = 稳定的现金流；

校园大娱乐（主播、校园活动、各种游戏比赛）= 稳定粉丝，增加认同；

校园人才发展体系的大数据、职前培训 = 用来给资本讲故事。

拿到投资以后，我们的办公室地点换成了最繁华的CBD，升职加薪……

接下来重点讲讲我们是怎么开垮的。

第一炮：消费金融。

消费金融，如火如荼，分期乐，趣分期，友信宝，一时间校园分期如火如荼，那时候我们在干吗？

我们首先用了一个多月的时间去修改风控，接着去谈各种电子产品……做调研、做消费调查……

然后我们开始招程序员，但找了一个多月也没找到合适的，然后我们无奈地选择了一个看着很高端的外包公司。

用了三个月，那个看着很高端的外包公司才开发出一个十分垃圾的产品……然后在苹果商店上架、测试……两个月又过去了。

半年之后，我们的产品终于上线了！

本来以为凭借我们前期夯实的渠道基础，我们一定可以后发制人！上市不远！

但这次我们又错了！推广反馈，总结经验，刚刚过了一个月，校园消费金融出现了第一起跳楼事件，然后开始严查消费金融，学校出台政策限制，我们本来以为避避风头就会过去。没想到又错了！第二起、第三起……第 N 起，都发生了。

随后趣分期宣布退出校园分期市场，转型白领消费金融。分期乐也不往学校投广告了。其他的分期产品要么死，要么完。

校园分期金融，自此画上一个句号，我们前后花了 40.5 万的产品就此打了水漂。

但是我们并没有消沉下去，在短暂的失意后，我们又开始了！

我们的第二炮：校园大娱乐（主播、校园活动、各种游戏比赛）。

我们的思路是这样的：

（1）本来想玩一玩情怀，请一些比较有知名度的民谣歌手来大学里串场，结果因为场地、赞助、档期等多方面的原因，这个计划泡汤了！

（2）既然民谣不行，那我们就换个方式，玩游戏总行吧？之后被告知，有人刚组织完腾讯的“英雄联盟城市赛”……

第二炮蔫了！

然后我们就开始了第二个分支，校园主播！

我们经过慎重考虑后，招募了三十多个女主播！然后如火如荼地开展了半个月，现金流和收益都还可以，再然后，我们被约谈了……核查经营资质，女主播要持证才能播……

最后，这个又不行了。

后来我们慢慢尝试了电影首映送票，刷评分等等，均以失败告终。

第三次，我们准备深挖大学生职业大数据。

做了一段时间，钱也烧得差不多了，这个数据库本来就是短期内不赚钱的活，再后来，公司没钱了，股权也比较乱，投资人要求注册新公司，重新分股。

之后因为种种原因，我离开了。有的时候情怀真的不能当饭吃。现在公司还在继续，我很佩服的老大还在带领着我曾经的伙伴们在探索。

创业的这一年，我失去了很多，但收获的更多。

这几乎是我所有的创业项目里最高大上的，但同时也是真没赚到钱的。因为很多钱，都自掏腰包了。

创业不易，融资不易，当老板更不容易！创业顺应国家大势太重要了！任何公司都无法在反政策的路上活太久。

三十岁以前在某个领域内成为专家，然后再出来创业！

如果你还在读大学，那么在保证你不会挂科的前提下，尽管去创业（别花自己的钱），不要相信那些所谓的专家在纸上谈兵，因为在大学里创业，无论你是成功还是失败，对你以后的发展都会有所帮助。

没有那么多次创业经历，就没有现在职场里的我。

创业的前期和中期要聚焦盈利赚钱的点，做到即将上市，再去做其他的。

最后送给大家一句话：我坚信，所有的失败都是为最终完美的成功铺路。

差一点就成名了

去年冬天，我有了一个一夜成名的机会。

在公司实习后，我成为同学和朋友口中“月薪五万的男同学”。励志、优秀本秀、男神本神、走向人生巅峰……一时间收获的赞美之词直逼过去二十年的总和。

“吕白，你要不要参加综艺节目啊，现在素人真人秀这么火，之前和咱们合作过的 ××× 都火了，你比他可强多了，随便搞个噱头就能火……出名要趁早啊！”身边的编导朋友不止一次地劝过我。

一来二去，我自己也对这件事上了心，整日琢磨着怎么才能年少成名。

十二月的时候，《奇葩大会》来公司选人。我和杨乐多被公司内推，直接进入第二轮面试。

推开面试间的门，节目组编导正在里面等我。她穿了一身深色系的衣服，面上没有一点笑容，手里握着一支中性笔，客套又疏离地说了一声：“你好，请坐。”

“初次见面，我先做个自我介绍吧。我叫吕白，今年大四，是一个在大学就赚了二十万的空少，现在是 ×× 的内容副主编。”作为一名新媒体从业者，我深谙引起编导兴趣的套路。正如文章开头第一段要用足量的爆点吸引读者，自我介绍的第一句话，也要用爆点引起面试者的兴趣。“大学生”“赚了二十万”“空少”……这些关键词所传达出的信息量，我百分百确定，这个编导会对我产生兴趣。果然，她停下了手中正在转动的中性笔，抬头望向了我，“先聊一聊你大学是怎么赚了二十万的吧。”

“我大学经常做各种兼职。有一次，我接了一个美团 APP 推广的单子……”

编导单手托着腮，右手在纸上飞快地写着什么，不时抬起头来应和着我的话。“那你又是怎么做到写出阅读量三百多万的文章的？”

“其实特别简单，那些都是有模式可寻的。就是把许多不可能的事情堆砌在一起，通过合理的解释，将不可能变成可能。你可以随便给我一个选题，我现场发挥。”

“哦？”编导放下了手中的笔，“那你说说爱情的本质吧。”

她的话音刚落不过一分钟，我讲道：“爱情的本质，不是我要努力对你做到最好，而是我努力做到对其他人不那么好，这样，我对你的好才是独一无二的好。”

“扑哧”，编导忍不住笑出了声。“好像有点意思，这么懂套路，那你有女朋友吗？”她打开了话匣子，像朋友似的和我攀谈起来。

面试结束后，她笑着问我：“你还有什么套路没有展示？”

“等我进了下一轮面试再告诉你吧！”

没过多久，我就接到了节目组的电话，恭喜我通过了二轮面试，还通知了试镜面试的时间、地点。坦白讲，我当时认为这是意料之中的事情。因为我年轻，只有二十一岁，是大学生代表，学的又是空乘专业，相貌、仪态都算不错。阅历比许多四十岁的人还要丰富，大学兼职、开创公司，四年赚了二十万……我从事新媒体工作，看待问题观点鲜明，深谙规则和套路，标签多，肯定能引起话题热度，《奇葩大会》需要我这样的选手，估计下一轮面试也会和这次一样顺利，随便准备一下就好。

试镜面试前一天晚上，我梦见自己在《奇葩大会》录制现场的临场发挥，颇得马东、蔡康永和观众的喜欢，发言频频被掌声打断。马东还夸我是脱口秀难得一遇的人才，加了我的微信，不断说服我去“米未传媒”当总监，并承诺月薪八万。

“要是马东真让我去‘米未传媒’当总监，我到底去不去，怎么和老板辞职？二十一岁的传媒界总监，也算得上非常牛了吧。”我哼着小曲美滋滋地想着，不觉就到了试镜面试的地方。

试镜面试采用分组的形式进行，每四个人一组。我和“阿狸之父”、一位民谣女诗人还有一个网红分到了一组。推开面试间门的瞬间，我看见了一群人黑压压地挤在一起，心里一沉：“居然不是单面。”后来才知道，试镜面试是最后一轮面试，所以《奇葩大会》所有导演都会参加。

第一个面试的是“阿狸之父”，他给每个人都赠送了阿狸的伴手礼，随后侃侃而谈的自信着实让我心里一震。很快，我的心又震了一下。这轮面试居然没有提问，全靠个人演讲，那我之前准备的“套路”怎么办？完全派不上用场了！

中场休息的时候我去接水，脑子里嗡声一片，丝毫没有注意到纸杯已经被我捏扁了，直到水溢出杯子湿了衣服的时候，才如大梦初醒般回过神来。

“下一位，吕白，标签：大学赚二十万的空少，请准备。”

第二季《奇葩大会》已经播出了，想必大家也都猜到了结果。那天，在节目组工作人员冗长的溢美之词结束后，终于说出了那句“很遗憾，希望下次有机会再和您合作”。

在我以为我离一夜成名只有一步之遥的时候，被生活一巴掌狠狠地打回了现实，梦醒了。

如今再想起这段经历，觉得那时候的自己着实轻狂。我连世界都没观过，哪来的世界观？又怎么能在全国观众面前传递世界观？这世上比我优秀的人太多太多，我又是何等自负，认为节目组非我不可?

当只听得到夸赞之声时，真实的自我便沉沦了。人人都知出名要趁早，却忘了先掂一掂自己的分量。这是我后来才明白的道理。

别再费尽周折想要一夜成名了，该来的，都在路上。但你如果太膨胀，它就会原地爆炸。

第三章

年轻不为梦想买单，老了拿什么话说当年

毕业后，去大城市还是小城市？

毕业后，去大城市还是小城市？你想过吗？

我选择了大城市。

当我在济南成功开垮了一家估值近亿的公司后，我意识到，有些东西，小城市永远给不了我。

01

开垮公司的原因有很多，但这件事给我的教训是，小城市的局限将成为我前进的一大障碍。于是我决定跳出这个生活了二十年的小城市，到大城市里闯一闯。

小城青年对大城市总是抱有一种美好幻想，好像大城市里无所不有，只要努力就能成功。

因为经常看求职节目《非你莫属》，有一天我突发奇想，要不我也上节目找个北京或者上海的工作试试？于是我便提交了报名表。在经过六轮的面试筛选后，我坐上了从济南到北京的火车。

火车一路飞驰，我的心情也有种莫名的激动。

沿途的楼房越来越高，天色慢慢变暗，灯光亮起，当我终于走出车站的时候，那些灯光晃得我想流泪。

北京，我来了。

节目有三次彩排，每次都会录制两个多小时，站在舞台上，看着老板们的座位，我告诉自己："只要走过去，你就进入大城市了。"从舞台中央到老板的座位一共要走二十三步，我走了一遍又一遍，每次都在心里默数："1、2、3……22、23！"大城市离我，只有二十三步之遥。

然而，真实的情况是，站在舞台中央，聚光灯打在我身上，12位老板的目光注视着我，主持人在一旁步步逼问，我就像一只待宰的羔羊，接受着外界的审判。

"你一个非'985，211'大学的学生，凭什么要那么高的工资？"

"你年纪还这么轻，安分待在学校好好学习不好吗？这么心急干什么？"

……

站在台上的我无法反驳，只能默默听完他们的话，把委屈吞回肚子里。这是我第一次体会到大城市的刻薄和无情。

最后他们给我留了一盏灯，那盏灯可以让我去上海，虽然不是喜欢的工作，可为了进入大城市，我还是去了上海。

那一刻我意识到，原来，大城市离我，不是看起来的二十三步的距离，我们之间横亘着一条巨大的鸿沟，那条鸿沟是偏见，是刻板印象，是很多我不能掌控的因素。

就像隔着一堵玻璃墙，大城市，可望而不可即。

02

选择去上海以后，我拎着个行李箱，带上仅有的 2000 元就出发了。

然而路费就花了快 500 元，揣着 1500 元的我感觉很慌，这么点钱能支撑我在上海生活多久呢？

在高铁上，我用租房软件找了个偏僻的地段，租下了一个 12 人间的民宿的床位。当我终于抵达房间推门进去时，空气突然凝固了，这里的一切场景都和我想象的现代化都市人的生活完全不一样。

十一张床上，有人在睡觉，有人在打牌，还有人在吸烟，整个房间乌烟瘴气、吵吵嚷嚷。憋了一路的我正打算冲进卫生间，却发现里面有人在洗澡。我只能等着，坐在卫生间门口望着这些人，感到内心一片虚无。

后来工作慢慢步入正轨，我对自己的工作也越来越熟悉。我负责一个母婴公众号的运营，整天都要搜集一堆母婴用品的资料，然后分析这些数据。

我本来就对这份工作不感兴趣，做了大量重复性的工作后，我对自己的工作也越来越厌恶，渐渐失去了生活和工作的动力。每天走在上班的路上，我觉得自己就像一个行尸走肉，没有目的、没有方向、没有存在的意义和价值。

上海这么一个摩登的大城市，灯红酒绿，俊男美女，没有一样属于我。属于我的只有无聊的工作，低廉的工资，以及每天都抢不到的厕所。

在这个精致的国际化大都市里，我就像一只蝼蚁，成为这个城市里最不精致的一部分。

03

“我还是待在济南吧，也许我真的没能力待在大城市，注定要在小城市里平凡地度过一生。”一个月后，我辞掉了上海的这份工作，收拾包裹回了济南。

回家后的我每天都躺在床上，望着天花板发呆。我抬起手够了够，总是差一段距离。我不停地问自己，大城市离我远吗？不远，就像天花板到我手的距离，可我永远碰不到它。

在我颓废消沉了一段日子后，偶然的一天，我看到了“咪蒙”的招聘信息。这个信息就像一道光突然击中了我，大城市仿佛又在向我招手。

“本来就是做公众号创业，连续写出多篇爆文，策划出多个爆款活动的我，难道不是最适合这个工作的吗？”去北京的念头再次冲击着我。

“难道你之前摔得还不够惨吗？你还想再次被羞辱，再次受委屈吗？”另一个声音在我耳边响起。大城市总是在剥夺我的尊严，我感到耻辱，我不想再自找苦吃。

“可是，人生难道不就是一次又一次地自找苦吃吗？既然小城市给不了我想要的，与其留下来痛苦，倒不如一股脑往前冲，反而可能冲出一康庄大道。”我对自己说，“再试一次吧，大城市有很多吸引人的地方，值得我战胜所有的阻力再试一次。”

于是，我又出发去了北京。

老板问我：“你为什么想来我这里做新媒体？”

我回答：“因为我有强烈的表达欲，我的朋友圈已经不能满足我想传播一些观点的要求了。而且，我想来大城市，这里有更多值得我追求的东西。”

在一次次的拒绝、摔倒、迷茫、畏缩后，大城市终于向我张开了它的怀抱。

在公司，虽然竞争激烈，但我终于体会到了大城市温柔的一面。我有了更高的工资，有了可以互相学习的朋友，自己可以单独租一间卧室，还有一只猫。

走在北京的街头，看着林立的高楼，我的眼里闪着希望的光。

大城市很残忍，它不会让你轻易进来，更不会让你轻松生活。可当我终于立稳脚跟，站在北京街头时，我只感觉到，这里的风很温柔，这里的阳光很明媚，这里的一切都是我想要的模样。在这里，我看到了无限的希望和可能。

我的北漂生涯，是从租房子开始的

北漂四个月，我换了三次房子，被无良中介坑了 N+1 次。

01 床位时代

最开始来北京工作的时候租的是床位。三十平方米左右的屋子里住着十几个人的那种。床挤床，人挤人。

当时感觉没什么，便宜且热闹，就是有一点不好：抢不上厕所。

在抢厕所失败的第二十五次后，我下定决心，一定要成功一次。

当时想，我堂堂一个大学生还抢不过你们吗？那天晚上我定了第二天早晨六点半的闹钟，准备先起来洗漱、上厕所，之后再睡个回笼觉。

结果第二天起来，听着厕所里“哗啦啦”的水声，再看着在厕所门口等着的两个人。我就知道我输了，输得很彻底。我扶着床上的梯子边爬边说：“现在用个厕所真难。”

刚爬上去，旁边的“老司机”就扔给了我一个脉动的空瓶子，用一种“你懂的”的眼神看着我。

后来我们闲聊的时候才知道他是武大的。那一刻，我忽然发现还是重点大学出来的人厉害，从这瓶子就能看出来。

我们一起住的有 P2P 的“精英”，有保险界的“大鳄”，也有三十多岁北漂快十年的老大哥。

每天晚上十一点多他们几个坐在床上，大谈国家战略。

P2P“精英”先甩出“互联网金融的革新如何造福民生”的问题，然后补充一句：“只要按我说的来，几十个亿是没问题的。”

保险“大鳄”跟着说道：“任何金融都需要风控体系。保险就是风控，十个亿的信心我还是有的。”

老北漂李哥作总结发言，表扬他们观点的前瞻性，又巧妙地指出不足。紧接着引申到北京的房价，“等房价再低 1000 我就入手几套。”

到了第二天六点半起来上完厕所以后，发传单的发传单，送外卖的送外卖，卖保险的卖保险……

到月底的时候，二房东在群里说：“不好意思了大家，大房东加我租金了，我也很无奈……所以我们的租金每个月要涨200。为了弥补愧疚，我给大家添了一个七成新的微波炉。”

二房东发完这个消息后，武大的哥们问我搬不搬。

“这里连个厕所都用不上，臭味还大。还很挤。”

“我先考虑考虑吧。”

“咱们俩合租应该比现在的房租还低吧。”

“好，搬！”

那是我第一次搬家。因为抢不上的厕所，因为震天响的呼噜。因为弥散不开的怪味，因为狭小的床位，因为房东又加钱了。

02 同床时代

我们俩很快就在一个租房的群里找到了一个单间，面积有二十多平方，很宽敞，还有一个 1.8 米 ×2 米的床。

租金每月 2750 元，而且没有中介费，押一付三，再加上一年的物业管理费才 12000 元，这个价格在望京这个寸土寸金的地方，已经是非常便宜了。

签合同的前一天晚上，我凭借在知乎上学到的“租房防骗大法”，要求房主带着身份证和房产证复印件来签。一一拍下来和网上的图核对。

我室友凭借自己“专业”的刑法律师知识对法律条款逐条百度。十分钟后我们相视一笑，在合同上签上了自己的名字。

过了半个多月，保险界“大鳄”在群里发他租房的时候被中介坑了。

北漂李哥回复：“坑了？”

过了一会儿保险界“大鳄”在群里发了好几段语音，说自己晚上跟着中介看房子的时候，刚进屋就被中介拉进了一个屋子里，屋子里有四个人，都光着膀子，身上文着关公、白虎、青龙……

他脑海里出现了三个字：黑中介。

过了一会儿坐在正中央的光头开口：“交 2000 元的看房服务费吧，要不就在这别走了，陪哥几个唠嗑。”

我们在微信上问：“你给了么？”

过了一会儿他说：“当时我就怒了，我风吹日晒跑业务挣的钱能给他们 2000 块？我挺起胸膛，看着他们。从裤子口袋里掏出一盒烟。用我的专业技能和三寸不烂之舌，把价砍到了 1000……”

……

听完了他的语音，我把知乎那个防黑中介的帖子转发到群里，对他说：“我和小刘租房没挨骗，更没遇到黑中介什么的，没事多学点知识，知识改变命运。”

没想到，半个月后我就懵了。

那天，我刚打开门就看见一个长相猥琐的老头儿站在客厅里东张西望，吓了我一跳。结合在小区门口看到的，警察通报有部分住户发生财物丢失的情况，“小偷？”我心想。

我走到旁边问了一句：“你是？”

“房东。”

我稳住他以后，给室友发了一个微信让他报警。之后，我和老头去警察局做了笔录。到最后我才知道，我被骗了。

不过骗我的不是那个猥琐的老头儿，而是那个和我们签合同的“房东”。

我拿出了手机，把签合同时拍的照片给警察看。最后得出来一个结论：两个证件上姓名、住所、序列号，都是真的，只有头像是假的。真的头像就是那个猥琐的老头儿。

后来我们知道了骗子骗我们的整个流程：骗子先把房子租下来，拿着房东的身份证、房产证复印件，用 PS 把自己的照片换上去，然后低价放出去，骗我们这样的……

老头儿出了警察局看着我说：“马上滚！”

那天晚上，我室友打电话找到了朋友，说晚上去他那里住。问我要不要跟着一起去挤挤。

我说：“不了，刚给同事打过电话。我今晚去他那，三室一厅的大房子。”

把室友送上车后我就懵了，因为我根本就没有同事的手机号。

我背着双肩包，右手拖着箱子，左手拿着袋子站在望京某个街头的十字路口，不知道何去何从。

那天晚上我去了麦当劳，用 4 块钱买了一个甜筒。然后得到了一份鼓励金，点开一看，1.66 元。

我走到二楼，把箱子放好，吃了一口甜筒，生活还是甜的。

据可靠统计：24% 的租客曾遇到押金不退，24% 被随意涨房租，18% 遇到房东、中介拒绝维修，16% 遭遇收租人卷款跑路……而面对黑中介，维权很困难，不仅时间长，费用高，还得担心黑中介的报复……

有人说，租房没被坑过的北漂不是完整的北漂。我想说，黑中介你们也是北漂，何苦为难北漂。

其实在这个世界上，有黑暗就有光明，有邪恶就有正义，有肮脏就有圣洁，相伴而生。也许你不是北漂，是上漂，广漂，深漂……都希望你的城市天空很蓝、空气很好、租房很轻松、同事很 Nice。能遇见你喜欢和喜欢你的人，能得到领导赏识、升职加薪被重点培养；能住上干净、温馨、精装修的大房子，能实现看起来一点都不靠谱的梦想。

“90后”的中年危机：过完少年，就是中年

“突然感觉自己没什么用……”

“你们都那么优秀……”

小雅说了她的经历，她今年大四。面试因为各种原因受阻：“别人都那么顺利，但我不是卡这就是卡那，给父母打电话的时候说不出口：我不行。”

我真的很焦虑，看不见未来在哪里。二十一岁，找不到工作，我很焦虑。

01

焦虑似乎成了我们这一代年轻人的通病。

在图书馆看见熙熙攘攘的人群，拿起一本书，翻了三四页，

想了想又合上书，看向了窗外；刷手机的时候，看着微博里面的那些“毒鸡汤”，想想现实中的自己，然后说了句：“唉，都差不多。”

打了一夜的游戏，躺在床上，却怎么也睡不着觉，不知道为什么。

期末考试完，顶着熬夜“奋战”的黑眼圈，拖着疲惫的身躯，在回宿舍的路上，看了看不算蓝的天空，我还是低下了头。

听到朋友找到了实习工资1万多的工作，看见身边人不断地进步，自己却还是在原地打转，深夜辗转反侧思考自己的人生。

看着自己从手机、玻璃、地铁门、镜子里反射出的苍白无力的神态，反问自己一句，为什么我们会这么焦虑？

前几天在知乎上看到了一个问题：“在清华大学做学渣是一种怎样的体验？”点赞数最多的一句是：“焦虑，焦虑，每天都在焦虑。”

小雅慢慢地写下她的经历：进清华以前，她以为自己是一个可以把控自己人生的人，在初高中时，什么都不用管，专心学习就好了。别人会弹琴，我会学习呀；别人会唱歌，我会学习呀；别人善交际，我会学习呀；别人办事熨帖，我会学习呀。

在初高中的时候，无论朋友会弹琴，还是会唱歌，抑或是善交际，小雅都不在乎，因为他们的学习都不如她，但到了清华，她连唯一引以为傲的优势——学习好，也没有了。成了一个完完全全平庸的人。

小雅的妈妈为了缓解小雅的压力说："清华出来的人，怎么也不会饿死的。"

多么讽刺的一句话：一个外省的孩子，要苦读十几年以接近满分的成绩才能考上名校。不知道小雅为了这个成绩，放弃了多少。

难道就为了一个温饱？在如此牛的学府里，她是我们大多数人焦虑的对象，但是她身边更多优秀的人又成了她焦虑的对象。

"90后"的我们好像都在焦虑。

02

其实，你并不是焦虑，只是太急功近利罢了。

还记得我刚满二十岁的那个晚上，彻夜难眠，甚至还为自己写了一篇《写给五年后的自己》：文章的字里行间都是意气风发，渴望自己的公司马上融资过亿上市，写出数千万阅读量的文章，最好还能顺带着出本书，随便卖个几百万册。

因为二十多岁的李叫兽已经被聘为百度的副总裁了，王小波的二十多岁正在经历黄金时代……在这个出名要趁早的时代里，我却还什么都没有。不知道还有多少二十多岁的年轻人像我一样，总是害怕自己来不及。

又或者只是想得太多，做得太少。我们听过太多少年成名的故事，西楚霸王项羽巨鹿城下败秦救赵一战成名声震华夏时，才不过是一个二十多岁的年轻人，王勃少年时赋诗《送杜少府之任蜀州》。但他们要么是天才，要么有非凡的机遇，要么就是人后承受百倍与他们年纪不符的压力。

我们都太渴望功成名就，太渴望财务自由、事业有成，于是我们记住了他们。

可是你有没有想过，那些看似光鲜的背后，他们付出了多少努力？拥有怎样的独特能力或才华？用了多少个小时，才换来如今的金光闪闪的人生？

03

二十多岁其实一切都还来得及。

“那一天我二十一岁，在我一生的黄金时代，我有好多奢望。我想爱，想吃，还想在一瞬间变成天上半明半暗的云。后来我才知道，生活就是个缓慢受锤的过程，人一天天老去，奢望也一天天消失，最后变得像挨了锤的牛一样。可是我过二十一岁生日时没有预见到这一点。我觉得自己会永远生猛下去，什么也锤不了我。”

在二十一岁读到了王小波的二十一岁，云彩飞扬，晚霞漫天，生活的重担好像快要砸下来，轻轻地，一下，又一下。

可是我们又怕什么呢？因为我们只有二十多岁，失败了又如何？大不了从头再来。

二十多岁大三，想考研但还没准备。想考为什么不试试？二十多岁的我，不喜欢我的本科专业，我想换一个自己喜欢的，那就去换！

我现在大四再考研是不是晚了？你感觉为时已晚的时候，恰恰是最好的时候，二十多岁多些踏踏实实的努力，少一些急功近利。岁月静好，你要的都会有。一步一个脚印，一脚脚踏进你的梦想的地方。

二十岁的人生做什么都不晚，只是我们都太早地渴望功成名就，之前没付出过相应的努力，所以没有太多回报，现在开始一切都不算晚，毕业五年或许才可以决定你的一生。

福杰·辛格，马拉松选手。八十九岁才开始跑马拉松，那之前他以为马拉松只有二十六公里；袁隆平二十六岁时，在湖南安江农校教书；马化腾二十六岁时，在当软件工程师；张艺谋二十六岁时，在陕西咸阳国棉八厂当工人。

有些人的人生就是会比别人晚开始一点，但那又怎么样？请记住，二十多岁的你，人生才刚刚开始，不管你现在是怎样的，你都是那个独一无二的你，默默无闻的二十多岁，很多人都有过，只要努力，只要肯拼，只要你相信，光明的未来就在不远处等着你。

要有最朴素的生活，和最遥远的梦想，即使明日天寒地冻，路遥马亡。

如果可以安逸，谁会选择颠沛流离

01

二十一岁，我得了酒精肝。

同事听见以后，都很同情地看着我，我笑着安慰大家说："没事，又不是肾虚。"其实笑容的背后是逞强。

昨天公司请了一位中医来给我们检查身体，到我的时候，医生说我肝排毒不好，有点酒精肝，血液也有点粘稠。

那天我追着医生问了很多遍，"确定吗？一定吗？医生，我平常不怎么喝酒，怎么忽然就有了酒精肝。"

最后，医生很无奈地告诉我，我是因为经常熬夜导致的，肝是解毒的器官，肝脏排毒的时间是晚上二十三点到深夜一点之间，这个时间段我通常都在熬夜。

医生说，想要恢复没有别的方法，只能每天晚上十一点之前睡觉。

医生说完以后，我查阅了很多肝脏排毒的信息。只要看到那种危害很大的信息，我都会选择性地忽略，安慰自己上面写得不真实，看到那种没什么特别危害的我都会收藏起来。熬夜的时候就会看一下，安慰自己没事。

检查身体的当天晚上，我改稿到凌晨两点多。出了公司门，站在马路中央。前面是望京 SOHO，后面是奔驰大厦，都是漆黑一片。

走在回家的路上，看着公司对面的房子。我忽然想起三个月前刚来北京的时候，准备和两个朋友在望京 SOHO 附近合租。

那天晚上我们拉了一个微信群，大家各自发自己看到的房源信息，我找了很久，发现大部分都是押一付一。就在我准备把看到的最合意的租房信息（两室一厅，月租 8000 块）发到群里的时候，就看到了他们发到群里的房源：13000 块一个月，押一付三。第一个月需要多付半个月的中介费和管理服务费，我打开手机的计算器，算每个人要出多少钱，算了很多遍，最后得出的结果是：20131。

过了一会我那个朋友说："要不然就 13000 的这个吧。你们有什么问题吗？"

我说："每个人需要 20000 多啊……"

"没问题，我给我爸说一句就行了。"

“我也没问题，家里说了会给。”

我没有说话。

因为我没办法找家里要，我只能靠我自己。

看着群里的对话很长时间，后来干脆把手机锁了屏，看着手机屏幕上映出的自己的样子。我忽然发现，原来我身后空无一人。

我不敢生病，不敢租贵的房子。我所有的一切只能靠自己。

02

我是我们公司稿子写得最多的一个，也是被毙得最多的。昨天总监问我是怎么坚持下来的，怎么做到心理承受能力这么强。不管文章改了多少天、多少版，被毙了以后，还是能像打了鸡血一样，不断地写。

我想起了一个场景，有一天我们晚上聚餐，大家讨论到毙稿的问题，聊着聊着就聊到了为什么要做自媒体。

“也算是拼一把吧，万一最后不行了，还能回老家，反正家里有车有房，还能托关系找个工作吧。”

“是啊，做不好的话也没关系，家里还能安排出国。”

那天我们坐在同一张桌旁，我们吃着同样的菜，喝着同一个瓶子里倒出的酒，聊着同一个未来。

不，其实不是同一个未来。

他们的未来有很多选项：奋斗、出国读书、回家过安稳生活……而我的未来只有一个选项：奋斗、奋斗、奋斗。

我真的没有任何退路，没有父母当靠山，只能自己努力。

03

昨晚写稿的时候，我的同事小余说她也很有感触。

她家里是做养殖业的，大二那年，流感肆虐，家里养的几十头猪都死了，家里因此欠了很多钱。

大三的时候，小余为了赚更多的钱补贴家用，向自己的朋友借钱凑了 8000 块。她拿着这 8000 块来了北京。

为了省钱，她在离我们公司十几公里外的一个很偏的地方租了房子。每天都需要走二十分钟的路，然后再坐一个半小时的地铁才能到公司。

小余每个月发了工资以后，先要还蚂蚁花呗、借呗；再还朋友一部分钱、给家里一点钱；最后留下 1000 块钱吃饭、坐地铁。

来北京的第二个月，借给她钱的那个朋友忽然出了一点事急需用钱，她东拼西凑把朋友的钱还清了。

还完钱以后，小余筋疲力尽地躺在床上，越想越无力。她拿起手机给她妈打了一个电话，想找妈妈说说自己有多委屈。电话很快就被接通了，还没开口她妈就说："孩子，咱们家里还剩的几头猪生病了需要钱。家里实在没钱了，你那里还有没有？"

她强忍着自己的委屈，把到嘴边的话憋了回去，说："妈，我卡在公司，明天就给你打。"

第二天她实在是没办法了，只能向她主管借了2000块钱。

晚上小余坐在出租屋的床上，给家里转了这2000块。为了让她妈安心，她说了那个重复了很多遍的谎言：

"放心吧，妈。我工资高，住的地方也很好，领导也很器重我。"

挂了电话后，看着出租屋里狭小的空间，听着隔壁传来的小孩的哭声，她就哭了。

就像一句话说的那样：

小的时候我们哭得声嘶力竭，恨不得让全世界都知道自己受委屈了。长大以后，我们受到了更大的委屈，却连哭都只能沉默着不敢发出声音，怕恨自己的人听到，更怕爱自己的人听到。

04

终究过了那个哭了就喊妈，委屈就回家的年龄。

昨晚小余在公司里加班找资料，努力让自己找的资料更专业，更全面。年龄大了，不仅要赚钱养自己，更要赚钱给家里，除了努力拼搏，我们别无退路。

我们的人生就是在不断地做选择题，只是大家的选项都不一样。有的人可以选择去海外留学不用担心花销，周游世界不断拓宽自己的视野。有的人可以选择大胆追梦，失败了大不了回家过一个有车有房的安稳生活。有的人出生就继承遗产，十八岁成人那天就身家过亿。

而我们这种出身平凡的人，只能努力到无能为力，拼搏到感动自己。

就像刘媛媛在《超级演说家》里说的那样："一个人出身不好，不会斩断他成功的所有可能，命运之手总有漏网之鱼。"

我们拼命奋斗，就是想成为那条漏网之鱼。

命运给了我们一个比别人低的起点，是希望我们用自己的一生来奋斗出一个绝地反击的故事。

命运你小心，我已经开始反击了。

月薪交不起房租，可我还是想要梦想

01

我的室友是武大的法学硕士，才华横溢，很热血，有很牛的梦想。但这一切，都抵不过他每个月的实习工资只有 1000 多块的现实。

月薪交不起房租，梦想养不活自己。

以前，每次我在工作上、生活中受挫，坚持不下去的时候，他都会鼓励我，跟我聊聊梦想。那个时候的他，每次聊起梦想，整个人都在发光。

可是现在，被现实逼得无路可走的他，决定放弃梦想离开北京。

他走的那天，我们俩坐在阳台上，我问他："知道吗，有好几次快要放弃的时候，都是因为你的鼓励，我才坚持下来的。"

他看了我一眼，然后对我说："我走，是因为很多原因，你不一样，我希望你别放弃。”

我叹了口气，还是问出了那个已经问过很多次的问题：“你的刑法律师确定不做了？就这么回去了吗？”

他转了过去，过了好几分钟，头微微低下。

“以后再说吧，车快到点了。”他把烟扔在了地上，用脚使劲地踩了几下，拿起了包。

我拉着箱子送他到了电梯口。

他进电梯的时候，我站在外面看着他说：“要是后悔了记得再来北京。”

他朝我笑了笑，没说话。

在电梯门马上要关上的时候，他突然大喊了一声：“大北京，再见了……”

电梯关上的那一刹那，我忽然就哭了。

那个曾在我即将放弃的时候给我力量的人，那个在我彷徨的时候鼓励过我的人，那个在我最艰难的时候告诉我永远不要放弃的人。

他自己却放弃了，抛下所有的热血和梦想，转身离开了这个偌大的北京。

02

其实，谁没想过要放弃梦想呢？

最近一段时间，我几乎是郁闷到了极点：稿子写得不够好被同事“吊打”，爸妈身体不好没时间回家陪他们，签了半年合同的房东在第三个月底就要收回房子。曾经鼓励过我的朋友现在离开了北京，生活压得我有些喘不过气来。

上周五快下班的时候，稿子又被毙了。大家都陆陆续续下班了，只有我一个人留在公司继续改稿子，发了 1.0，2.0……6.0 版本，最后统统被毙。改到最后，感觉自己已经不会写东西了，看着电脑屏幕，一个字也打不出来。

那天晚上，北京城一如既往的灯火阑珊，我孤零零地坐在工位上，抬头看着桌子对面的墙壁发呆到了凌晨四点。

突然觉得无处可去。那些灯火阑珊，都和我无关。

稿子写不出来，只好先回家，打算睡醒再改。一路上浑浑噩噩，到家的时候天已经微微亮了，拿出手机一看，五点四十。

回到家只想赶快洗个澡睡觉。谁知刚洗了不到两分钟，热水就变成一股凉水冲了下来，给我来了个透心凉。一下让我凉了个透彻。

我立在原地，甚至没有力气去动手关花洒。不说天无绝人之路吗？我写稿不行，连洗澡也不行吗？

我越想越绝望，使劲踹了一下厕所的门，抓起洗手池上的手机，愤怒地摔到地上，手机瞬间解体。

好吧，踹门是真的，摔手机是假的。毕竟摔坏了还得花钱买。顶着没冲干净的头发躺在床上，盯着斑驳的天花板。突然想起老家被我妈打扫得干干净净的房间，想到醒来就能闻到的饭菜香，想到每天下班以后就能和老朋友一起去吃饭、打牌的日子。

终于还是崩溃了，老子不干了！天亮就打电话辞职！

我就这样睁着眼躺着，熬到了上午九点，鼓起勇气给我们总监打了电话。

电话只响了一声就被接通了。总监的第一句话就是："我刚想给你打电话呢，你昨天交的是什么东西？今天还能改好吗？"

我握电话的力度不知不觉更重了一些，嘴唇微动，却鬼使神差地说了一个字："能。"

挂电话以后，我胡乱地用水冲了下脸，急匆匆地从八楼跑到一楼。在楼下的超市，买了两罐雀巢，一罐红牛。

回来打开电脑，点了一根烟，就开始噼里啪啦地码字。也记不清是第多少版了，我改好了稿子，按下发送键。

二十分钟后，我收到了一条反馈：“稿子不行，继续改。”看着屏幕上这冰冷的七个字，内心极其失落。

过了一会，手机突然又收到了一条消息：“不过这篇大体没问题了，改改细节就好了。”

我把烟掐了，终于笑了笑，加油吕白！你可以！

看了看窗外，才发现天已经黑了。

楼下的行人匆匆，很多人像我一样，在这个城市里忙碌地奔波着。

03

很久以前有个朋友问我：“既然大城市这么辛苦，实现梦想那么难，那你究竟是怎么坚持下来的？”

我当时没有立刻回答这个问题。

昨晚看了坚果 Pro 的发布会，发布会现场状况频出。弹幕上很多人都在冷嘲热讽，说罗永浩你就只会贩卖情怀，根本做不出来东西。

一片嘘声里，老罗演示又屡次失败。最后，老罗换了一个备用机，演示成功。

他说：“从来没有失败的人，只有半途而废的人。”

他还说：“你们知道我这五年怎么过来的吗？就是厚着脸皮再坚持一下，相信坚持一下就能过去。”

听完这句话我就哽咽了。

我们是怎么坚持下来的？不就是厚着脸皮再坚持一下嘛。

看过很多遍《老男孩》《星空日记》《爆裂鼓手》这样热血的电影，但每次再看的时候，我还是会扶很多次眼镜，会尽可能地把头往后仰。

是啊，我就是那种看到稍微热血一点的剧情，就会流泪的人啊！

是啊，我就是那种明知道梦想除了艰辛什么也没带给我，还在坚持的人啊！

是啊，我就是那种很多人不理解的，会为一点点希望在大城市里漂泊的人啊！

这三个月，我看见过很多次凌晨四点的北京，我喝了几百包速溶咖啡，我没有一个不工作的周末。就这样努力了很久，还是做得不够好。

可能到最后还是实现不了自己的梦想。可能我和现实对抗的结果最终还是以失败告终。

但那又怎样呢？

为了梦想，我努力过，坚持过，奋斗过，我不后悔。

差一点就成功了

“知乎”上有一个问题，是：“感觉自己的人生一直都有一种‘差一点就可以’的经历和感受。”

中考差一分进强化班，高考差一分去理想的大学，普通话考试差了 0.2 分得到二甲，虽然普通话无伤大雅，不过总觉得人生怎么总在差一点。

其实不止他的人生有这么多 “差一点”，我们的人生里也有很多“差一点”。

01

我大一的时候混学校的学生会，当时特别努力，只要学生会有活动，绝对第一时间到现场。逃课都是家常便饭。

临近学生会换届的时候，我又给部门拉到了一万块钱的赞助。当时就感觉，我是上天选中的孩子吗？是自带主角光环的那种人设吗？在我竞选之前还要这么帮我，部长不就是板上钉钉的事情了吗？

换届前一周的时候，我们部门吃了一顿散伙饭，饭桌上大家一起回顾这一年在文艺部的艰苦岁月，抱音响，抬地毯，干活的时候，女生当男生用，男生当牲畜用……

吃到最后的时候，我们部长问大家谁还愿意留在学生会的时候，一桌十多个人，只有我和另外两个女生愿意留下来，她们俩还表示部长太累，责任太大，她们俩竞选副部长就好，推荐我去竞选部长。

我只好装作是被逼无奈，不得已才去竞选部长。

那天晚上我特别开心，一激动就去买单了。然后一个月生活费没了。

换届前的那天晚上，为了能更有胜券，我咬了咬牙从仅剩的 400 块私房钱里，划出来 88，充了一个 PPT 网站的会员，下载了一份非常高大上的 PPT 模板。

那天晚上做了半夜的 PPT，在宿舍阳台上抱着电脑演示了 20 多次，到了凌晨四点多才睡觉，第二天一早，在卫生间捯饬了一个多小时的头发。

穿好衣服，收拾完走到参加竞选的教室，在外面候场的时候，负责点名的同学念道：

“文艺部部长候选人，吕白。”

“到。”

“孙萌。”

“到。”

“孙萌？怎么以前没听过这个名字。”我问。

旁边负责点名的学弟告诉我，她是学院推荐的，以前不在咱们校学生会。

我在不远处仔细打量了一下她，她看着柔柔弱弱的，感觉不像是特别强劲的对手。

我进去讲完以后，看着评委老师赞同和肯定的神情，感觉这次肯定是我了！第三天结果出来，那个女生——孙萌成了我们文艺部的部长，我被淘汰了。

那天晚上我发了一个特矫情的微信朋友圈：考 59 分比考 0 分更难过。人生最痛苦的不是不曾拥有，而是差一点就可以。

02

我们公司的同事，大学的时候特别喜欢一个知识付费的公司。大学不找女朋友，不玩游戏，省下的钱都用来买那个公司出的付费音频。

大四那年，那个公司在他附近学校开宣讲会，他拿着自己的简历和买音频的截图的纸质版，投了那个他朝思暮想的公司。

第二天他就收到了群面的通知，收到通知的那个晚上他激动坏了，为了抓住这次得来不易的机会，他狂刷“知乎”四个小时，看了很多《如何在群面中出人头地》《如何在群面中傲视群雄》《如何在群面中如鱼得水》这类的文章。

他靠在知乎学来的“群面大法”，在群面过程中如鱼得水。只要到他开口的时候，不管自己说的话有没有逻辑，都会强行加 1、2、3、4。

面试官们听到 1、2、3、4，眼睛就会闪，估计面试官心里感觉他是那种特别有逻辑的人。

只要面试官的目光向他看过来，他就立刻看手腕上的表。假装在看时间。

距离无领导小组讨论还剩十分钟的时候，他抛出了一个绝杀，他说：“各位同学，我们最后还剩不到十分钟的时间，大家应该都讨论得差不多了，我们就用剩下的十分钟来做个总结吧。”

那一瞬间，三个面试官都对他投来了赞同的目光。

无领导小组讨论的时候他表现得特别好，无领导小组讨论完了以后，大家都在拉的微信群里说："你肯定没问题了，就是你了。"他嘴上虽然说"不不不，大家其实也挺优秀的"，心里却在想，你们太 Low 了，还是我厉害。

下午的时候结果就出来了，他们组里只有他和另外一个男生收到了最终面试的邮件。

第二天他去面试，拿着自己的二十多个音频的购买记录的截图，和老板聊嗨了！

出了公司他就给他爸妈和大学室友依次打了电话。

刚开始还是："妈，我有一个面试我感觉挺好的，老板对我很认同。"

后来就变成："黑子，我今天的面试过了，今晚请你吃饭。"

第三天，结果出来，他无缘公司。那个看着不如他的候选人进了公司。

"靠，黑幕真多。"

03

有的时候，我们明明已经很努力了，但总是还差一点，就只差一点点。

我们遇到竞选、面试里面的一些潜规则和黑幕，我们身处的时机不对，我们在不经意间犯了一个小错误。有时候会忍不住感叹，命运真是不公平，为什么老是让我们差一点成功。

可是真的只是这样吗？真的只是差一点吗？

那个和我竞争，最后成了学生会部长的柔弱女生，后来联合我们大学城的九所大学办了一个区域类的校园十大歌手大赛，拉到了几个大品牌，几十万的赞助。区域十大歌手策划就是她在竞选面试的时候提出来的。

我曾经引以为豪的策划只是讲了怎么把十大歌手在我们学校办得更大。从没想过要把它做成区域活动，我和她差一个大格局。

那个和我同事竞争，最后成功入职公司的男生，是因为他在终面的时候给知识付费正在热推的二十多个不同种类的音频，做了产品的用户画像和详细的推广计划。后来他入职以后靠他做的计划，把其中的两个音频做成了爆款。

我同事只是买了二十个音频听完而已，从来没想过去分析受众和详细的推广方案。同事和他的对手差了对事情更进一步的思考。

表面上，我们都是差一点。

其实，差很远。

第四章

我所以为的生活

与世界讲和，却不向现实妥协

前几天刷微信朋友圈，发现新媒体训练营的学员小 A 发了一张超越妹妹保佑的图片，祈求自己“国考”顺利“上岸”。什么情况？她不做新媒体了吗？怎么考公务员去了？

“小 A 什么情况啊？她可是当时训练营里最有‘网感’的，我还夸过她天生就是为新媒体而生的呢，怎么就辞职考公务员去了？”我一连发了五个“黑人问号”的表情包给训练营的班主任老王。

老王秒回我：“小 A 老家有句话你听说过没？不孝有三，不考公务员为大。”

“这都什么年代了，怎么还没实现自主择业啊？小 A 做微信公众号的时候，写一篇阅读量超过十万的文章就和过家家一样简单，每个月的绩效工资是公务员的好几倍啊……唉，真搞不懂她怎么想的。”我一边回复老王，一边长叹了一口气。

“我听小 A 的同事说，今年国庆的时候小 A 和谈了五年的男朋友去欧洲度假，男朋友花了大价钱定了五星级酒店，准备找一个合适的晚上求婚。结果小 A 连着好几天晚上都在加班写稿，白天旅游也提不起什么兴致，最后她男朋友不仅没求婚，两个人还大吵了一架，说如果小 A 不辞职，他就和她分手。所以小 A 辞职考公务员，也算是意料之中的事情吧。”

看着屏幕上老王发来的话，我心里像是打翻了调味瓶，又一个“战友”退出了，这已经数不清是第多少个了。

小 A 在云南一所普通一本念大学，公共管理专业。那时候新媒体才刚刚兴起，天生爱折腾的小 A，创办了学校的第一个公众号。公众号运营最火的时候，全校学生的微信朋友圈都在疯狂转发小 A 写的文章。考研的时候，小 A 跨考新闻学，每天坚持学习 16 个小时，拼了命地刷题，就为了能到北京做新媒体。“新媒体不是我的工作，也不是我的事业，它是我的信仰！信仰！信仰！”

当时新媒体训练营举行开班仪式时，每个人都要上去做自我介绍，小 A 讲完这句话后，全班的掌声至少持续了两分钟。后来，小 A 顺利地考上了北京一所高校的研究生，甚至还幸运地找到了一份新媒体实习的工作。她每天下课后就匆匆赶到公司参加选题策划会讨论，然后在电脑前和星月做伴，噼里啪啦地敲下一行行推文。有时写稿过于投入，错过了最后一班回学校的地铁，她就和衣躺在公司的懒人沙发上睡一觉，第二天再挤早高峰的地铁赶回学校上课。如果临时碰到热点话题，她索性连地铁也不坐了，一个人蹲在站台，用手机给电脑开热点赶稿子，直到推出文章后，才急忙跑出地铁站打车赶回学校。“打车诚然贵，热点价更高，若为工作故，此钱应该掏。”小A常常把这句话挂在嘴边。

今年是小A研究生毕业的第二年，她却回家准备“国考”了。毕竟，人的大脑在巨大的生活压力下是无法正常运转的，人只靠信仰是活不下去的，生活的每分每秒都存在着“小确丧”。

认清现实，然后向现实妥协，是走向成熟的必修课。算了，又有谁没向现实妥协过呢？我又何必因为小A的妥协耿耿于怀？我，你，我们，不是每天都在和现实做着种种妥协吗？

十八岁的时候，为了能念一个好的大学，我和分数做了妥协，我放弃喜欢的专业，临时抱佛脚学习空乘，因为空乘的文化课分数要求低；

十九岁的时候，为了能给家里减轻生活负担，我和爱好做了妥协，我放弃了进入梦寐以求的吉他社的机会，找了一家兼职，每天打工；

二十岁的时候，为了能留在心仪的公司实习，我和健康做了妥协，我放弃了规律的作息习惯，每天熬夜坐在电脑前，写稿、研究选题、追热点话题、开会；

二十一岁的时候，为了能获得更大的发展空间，我和友情做了妥协，我放弃了和并肩作战的朋友们一起工作的机会，只身一人来北京，成为北漂一族；

二十二岁的时候，为了能早日还清房贷，我和享受做了妥协，我放弃了所有的娱乐时间，一有时间就开设新媒体课程，讲到嗓子冒烟了仍要坚持。

可是三十二岁、四十二岁、五十二岁呢？我还要不断妥协吗？我们一路奋战，不是为了改变世界，而是为了不让世界改变我们啊。所以，即使生活再难，我们仍要坚持理想，与世界讲和，而不是向现实妥协。

十八岁的时候，为了能念一个好的大学，我和分数讲和，暂时放弃喜欢的专业，学习空乘，最后考入喜欢的大学；

十九岁的时候，为了能给家里减轻生活负担，我和爱好讲和，放弃了进入梦寐以求的吉他社的机会，在兼职中提高自我能力；

二十岁的时候，为了能留在心仪的公司实习，我和健康讲和，暂停规律作息，每天熬夜坐在电脑前，写稿、研究选题、追热点、开会，不过我用第一个月的工资在楼下办了健身卡；

二十一岁的时候，为了能获得更大的发展空间，我和友情讲和，我放弃了和并肩作战的朋友们一起工作的机会，只身一人来北京，成为北漂一族，不过我们的感情并没有变淡；

二十二岁的时候，为了能早日还清房贷，我和享受讲和，我放弃了所有的娱乐时间，一有时间就开设新媒体课程，讲到嗓子冒烟了仍要坚持，但工作也是一种快乐。

后来，小 A 离开北京前，训练营的几个朋友为她饯行，那天我也去了。小 A 说了很长一段话："以前我最看不起公务员，觉得三十岁就过上六十岁的生活了。在北京做新媒体很快乐，但凌晨三点还在写稿子的时候，我也害怕自己会猝死。我大学学的是公共管理，这次看到公务员考试有网信办的名额，就想试一试。

"在新媒体做久了，看到了很多需要解决的问题，希望能进体制内，把新闻和管理结合起来，让咱们新媒体越来越好，这也是我做新媒体的理想。以后我还是会继续写推送的，当兼职作者吧，也算给自己留个念想。"说完，小 A 眼睛红了一圈，举起桌前的酒杯，一饮而尽。

成年人的生活里没有万事如意，有理想，生活才有念想，有念想，生活才有理想。

向世界讲和，不是懦夫，妥协才是。

我所以为的生活

01

被《无问西东》感动了。

不是因为它塑造的人物有多好、讲故事的方式有多新颖，它的剪辑手法有多厉害。事实上这部电影里面有很多地方人物的动机不明确，讲故事的手法有些拙劣，剪辑更是有些头重脚轻。但在里面时任清华教务长的梅贻琦和他的学生吴岭澜的对话还是打动了我。成了我为数不多看过多遍的电影。

吴岭澜，国文和外语满分，物理成绩连上榜的资格都没有。怎么看他都是文科最好的苗子，他却学了实科（就是现在的理科）。他说，因为最好的学生都学了实科。他想成为最优秀的学生。

梅贻琦找他谈话，面对固执的吴岭澜，他没有上来就说理，反而为他沏了一盏茶，问他求学的目的是什么，问他对自己是否真实。

吴岭澜困惑地说：“我不关心是否对自己真实，每天我把自己交给书本，我心里就踏实。”

梅校长说：“你把自己交给繁忙，得到的是踏实，却不是真实。”

然后接着说：“什么是真实？

做什么和谁在一起，你看到什么听到什么，是否有一种从心灵深处满溢出来的、不懊悔也不羞耻的平和与喜悦。”

（问他求学的目的是什么。

吴岭澜说：“我只知道，不管我将来做什么，在这个年纪，读书、学习，都是对的。我何用管我学什么，每天把自己交给书本，就有种踏实。”

梅贻琦说：“但是，你还忽略了一件事，真实。”

他接着说：“人把自己置身于忙碌当中，有一种麻木的踏实，但丧失了真实，你的青春，也不过只有这些日子。”

吴岭澜问：“什么是真实？

梅贻琦说：“你看到什么，听到什么，做什么，和谁在一起，是否有一种从心灵深处满溢出来的不懊悔也不羞耻的平和与喜悦。”）

这番话点醒了吴岭澜，也让我想起了我大一的时候。

02

刚上大学，军训的时候。我们专业所有新生都听了学生会主席关于纳新计划的宣讲，他当时西装革履，声音抑扬顿挫，站在台上光芒万丈。

他说："学校里最好最优秀的学生都加入了学生会，都在这里成为了更好的人……"

那次以后，我心里就埋下了一颗"一定要进学生会"的种子，一定要让自己成为最优秀的学生。

学生会面试前夕，我问了很多以前在学生会的学长学姐，熬了两个晚上，做了一份二十多页的学生会活动计划表。

后来初选很顺利就过了，面试的时候，坐在桌子后面的学长问我："如果学生会的活动和你最喜欢的一门课时间撞了，你会怎么办？"

我说："有两个解决方案，大概就是权衡时间，合理规划内容。"

我说的时候看了一眼桌子后面的学长，他对这个回答好像不是特别满意，一直低着头把弄着手里的笔。

最后我又加了一句："如果有必要的话，我可以翘课参加活动。"他抬头看了我一眼，满意地点了点头。

后来我成功加入了学生会文艺部，当时几乎一个月就会办一次活动，每天的日程要么是去填场地审批表，要么就是去搬地毯，做活动道具……从白天干到晚上，因为时间冲突也真的翘了自己很喜欢的两门选修课。

有一次办完活动，中午吃饭的时候遇见了一起上选修课的朋友，他问我最近怎么这么忙，好几次选修课都没看见我了。

说完又自顾自地说："对了，你没来的这几次，咱们《庄子注解》的老师讲得特别好，听他讲完以后我对庄子产生了极大的兴趣。"

我愣了一下，内心闪过一个声音，不知道自己参加学生会到底对不对？但这个想法很快就被当时的那句"学校里最好最优秀的学生都加入了学生会，都在这里成为了更好的人"完全碾碎。

我对那个朋友说："因为我参加学生会，活动比较多，所以没去。"语气无比坚定，眼神也尽量假装自信。但其实心里已经有了一丝动摇。

后来有一次，选修课期中测试的时候，我"迫不得已"去听了一次我们老师的课。

那个老师平时讲课很幽默，但那次他眼神很严厉，说话的时候也很严肃。

讲的时候在黑板上工工整整地写了七个大字"我所以为的

大学”，他以为的大学，是人生极少数自由集中的时代。可以做自己想做的事，学自己想学的技能，看自己喜欢的书，追自己喜欢的女孩。至于其他的事情，交给以后的你来完成。

那时候我开始问自己，问自己学生会的工作让我开心吗？是不是优秀的人都加入了学生会？我会在里面成为最优秀的人吗？这是我想要的吗？

说回电影，后来吴岭澜随着清华南迁去了云南，成为西南联大的一名教授。为了躲避敌机的轰炸，吴岭澜带着学生跑去山洞上课，那堂课他引用了泰戈尔的诗《爱者之贻》，说出了曾困扰他的问题，以及他的答案，其实也是我的答案。

“世界于你而言，毫无意义和目的，却又充满随心所欲的幻想，但又有谁知，也许就在这闷热令人疲倦的正午，那个陌生人，提着满篮奇妙的货物，路过你的门前，他响亮地叫卖着，你就会从朦胧的梦中惊醒，走出房门，迎接命运的安排。

“这是泰戈尔的诗。当我在你们这个年纪，有段时间，我远离人群，独自思索，我的人生到底应该怎样度过？

“某日，我偶然去图书馆，听到泰戈尔的演讲，而陪同在泰戈尔身边的人，是当时最卓越的一群人物（即梁思成、林徽因、王国维、徐志摩等），这些人站在那里，自信而笃定，那种从容让我十分羡慕。而泰戈尔，正在讲‘对自己的真实’有多么重要，那一刻，我从思索生命意义的羞耻感中，释放出来。

“原来这些卓越的人物，也认为花时间思考这些，谈论这些，是重要的。今天，我把泰戈尔的诗介绍给你们，希望你们在今后的岁月里，不要放弃对生命的思索，对自己的真实。”

吴岭澜经历的这些，体会的这些，也是我上大学这几年来最大的困惑。

我曾经害怕远离人群，害怕自己不合群；我曾经害怕脱离忙碌，害怕自己没事做；我曾经害怕思索未来，害怕自己没未来；我曾经害怕探寻真实，害怕真实太残酷。

我害怕很多，我错过很多，我质疑自己，我不敢面对，我徘徊不前。

历经时间的洗礼，我才真正地发现，我考虑了很多因素，考虑了他人的感受，考虑了他人的看法，考虑了他人眼中的好，却唯独没有考虑过自己，没有问过自己的内心，没有从心底喜欢之前所做的事情，等到回头看的时候，才发现自己浪费了大好的青春和时光。

愿你在内心迷茫时，坚信你的珍贵，找到方向。

愿你被焦虑缠身时，记起你的珍贵，舒缓情绪。

希望你爱你所爱，行你所行，听从你心，无问西东。

其实这部电影里还有一句特别喜欢的话。那句话是：“如果提前了解了你们要面对的人生，不知你们是否还会有勇气前来？”

我的答案是会，即使我有的是一个和大部分同龄人相比更乐悲交加、大起大落的人生。

但还是想说：“只问无悔，无问西东。”

被合群绑架的年轻人

01

又被室友孤立了。宿舍四个人，他们三个人出去吃饭，没人叫我。

高考发挥失常，去了省内的一所普通大学。

高考完的那个暑假我就下定了决心，去了大学一定要好好学习，要考上自己喜欢学校的研究生，读自己喜欢的文学类专业。

大一入学，因为 LOL 这款游戏，我们宿舍四个人很快打成一片，每天说得最多的一句话就是：我们一起开黑吧。

那时候我特别害怕孤独。为了能更好地融入他们，我想，可以先陪他们打一个月的游戏，然后再准备自己学习的事情。

一个月很快就过去了。有一天凌晨两点多我们还在一起打游戏，看了一整天电脑屏幕，眼睛像针扎一样疼，就跟室友说：

“我眼睛疼想睡觉了。”他们说：“再打一把，最后一把了。”就这样一把又一把，我们打到了第二天早晨八点。

那天我没去上课，一个人躺在床上，在室友们的呼噜声中打开了手机，看着备忘录里置顶的学习日程安排表。心想是时候要准备好好考研了，以后再也不打游戏了。

睡醒以后我去图书馆自习，晚上从图书馆出来的时候被去食堂买饭的室友看见了。他回去把我去图书馆的事情当成笑话讲给其他室友听。

我回去以后大家都调侃说，我是学霸，学神，随后哈哈大笑。我也跟着笑，用一种调侃的语气说：“我就是学霸，学神。”那天晚上我又和他们一起开黑，打游戏。

周六的时候，我特别喜欢的一个考研名师在我们学校开讲座，讲的题目是《考研从大一开始》，那天我很早就起床收拾好坐在床上整理一会要问老师的问题。

“来来来，就差你了。”室友握着鼠标叫我。

“下次吧，我今天想去听一个讲座……”我看着他们说。

室友没回话。隔了一会才阴阳怪气地说：“不愧是学霸，您可真忙啊！”

这件事情过后，几个室友对我的态度忽然就变冷了，他们几个聊天的时候，我只要说上一句话，他们就不说话，他们几个人去吃饭也不叫着我一起，平时去上课的时候也没人和我一起走了。

02

那段时间，每天我自己一个人去食堂，每次都挑不是饭点的时候去。有一次被逼得没办法，在饭点去了食堂，那天那张桌子上只有我一个人。

坐在桌子旁，感觉周围有一千双眼睛看着自己。感觉背后有无数的声音都在说，你怎么人缘这么不好？居然自己一个人吃饭。

为了掩饰自己内心的尴尬，我从口袋里拿出来手机，一边吃饭一边假装打电话。

“嗯，好的，我知道了。”

停顿十秒。

“放心吧，我办事你还不放心吗？”

停顿五秒。

“嗯嗯……”

对话有停顿脸上还有表情，对着手机自言自语，就像真的接到电话一样，那时候的我害怕孤独的样子卑微到可笑。

03

这样的日子过了一个多月，转眼就到求职季，大学里认识的一个大四的师哥要离校了。

走的前一天我请他吃饭，我们俩在学校门口的一个大排档，点了四个菜，一打啤酒。

简单的寒暄以后我就低着头喝酒，一杯，两杯，四杯……

刚喝完一瓶，师哥问我怎么了，看起来垂头丧气的。我硬挤出了一点笑容看着他说："没事。"

他看了我一会，举起杯子喝了一口啤酒："是失恋了还是遇到什么烦心事了，跟我还有什么不能说的！"

我拿起身旁的酒杯一饮而尽："我想跨专业考研到文学专业，需要花很长时间准备，但是室友总是拉着我打游戏，上次我没跟他们打游戏，他们就生气了。"

师哥看着我，拿着酒杯又喝了一口自嘲地说了一句："如果害怕他们孤立你，没有坚持做自己的事情，我就是四年后的你。"

"考研、公考失败，出去找工作投了无数次简历，回复的没几个。好不容易有家公司给了 Offer，但月薪只有 2000！你说讽刺吗？我读了四年大学，一个月才 2000 块！呵呵！"

也许是喝了酒的缘故，那天晚上师哥和我聊了很多。

没上大学以前，他也梦想在大学里“与众不同”，后来大一的时候因为怕被室友们孤立，所以跟着一起打游戏；大二玩手游；大三开始反思自己，但为了合群还是一如既往地逃课、睡觉。

大四了，什么都晚了，然后大学四年就这么过去了，一无所成。

“其实，你可以试着跟他们不一样，试着不合群。”师哥给我倒了一杯酒。

我们班当时有个公认的“奇葩”，前段时间保了北大的研究生。刚知道这个消息的时候，我们班的群都爆了，大家都不敢相信，后来还是看了学号、班级和辅导员的姓名以后，我们才确定就是他。

他大学的时候，基本上都是早晨六点半出去，晚上十一点回宿舍，自己上课，自己吃饭，很少参加宿舍和班级里的活动，没有任何存在感。当时我们都感觉这个人很奇怪，都猜他是不是有自闭症之类的心理问题。

现在想想他才是对的，他可以不在意别人的看法，坚持做自己喜欢的事，而不是为了迎合别人做着自己不喜欢的事情。

04

那天晚上我回去以后躺在床上，在学校官网上查到了这个学长的信息，本科以第一作者发表了一篇关于石墨烯的论文，得了两次挑战杯国家金奖。官网上他的照片有着难以言说的沉稳。

后来我在食堂遇到了这个学长，听着他和人谈如何研制石墨烯。他们谈论问题时，眼睛都闪着兴奋的光，那种光，我在拿到游戏五连胜的室友眼中看见过，那是满满溢出的开心。

那时候我才明白，原来优秀的人不是不合群，只是他们不合平庸的群。

从那以后，我打消了所有的顾虑，我开始去放开做自己的事，每天拼命地写作看书，去接近自己的梦想。

室友们还是像以前一样一起开黑、打游戏、通宵，为了MVP和五杀欢呼。

我有了更多的时间读书、写作，每天都能感受到自己在进步。自己开公众号，后台经常有人向我倾诉他们的故事。

虽然有时候心情不好，但发文章的时候，总会收到很多人的安慰。也因写作结识了更多志同道合的朋友，找到了一份不错的工作。

那时候，我开始明白了，原来有些路只能一个人走。在到达目的地前，你只能孤身一人。

正如叔本华所说："只有当一个人独处的时候，他才可以完全成为自己。谁要是不热爱独处，那他也就是不热爱自由，因为只有当一个人独处的时候，他才是自由的。"

对我而言，合群应该是买一双尺码合适的鞋而不是削足适履。

不要为了迎合群体，而放弃你最想做的事情，因为有时候，"合群"是堕落的开始。

我差点不动声色地死去

01

最早听到“空巢青年”这个词的时候，是上个月看的一篇文章，文章里说空巢青年现状：“只有陪 Siri 聊天”“孤独得像狗却养不起狗。”

看到这篇文章最初的反应是：一个人也挺好的，有独处的空间，不用在交际上浪费时间，可以有更多的时间提升自己，实在无聊也能打打游戏。

直到上周食物中毒。

那天我躺在床上吹着空调玩手机的时候，忽然感觉到了一阵恶心，眼还有点花。

当时的第一反应就是关掉空调，心想，估计是这次空调开猛了。

与此同时，北漂六个月的经验告诉我，没有什么事情是睡一觉解决不了的。如果有的话，那就再睡一觉。睡一觉能解决的问题，不是真正的问题。

然后我睡了一觉。睡梦中好像有人叫我，让我快起床，让我快去穿衣服，让我快去厕所，要不然我就得去见佛祖了。

在厕所里，冷汗像瀑布一样落得飞快，仅过了五分钟，身上的 T 恤就已经被冷汗浸透了，上吐下泻。

又过了五分钟，我感觉身体里四分之一的水都流失了，感觉自己要死了。我坐在马桶上简单回顾了自己的一生，越回顾，越不想死。因为我的一生，拥有的东西除了穷就只有空荡荡的钱包……

拿出手机用打车软件打了一个快车，然后自己扶着厕所的门、家里的墙、外面的墙，进了电梯，接着就瘫坐在电梯里面。

在电梯里接到了快车司机师傅的电话，听口音司机师傅应该是一个东北大汉，嗓门特别大：“大兄弟，你搁哪旮旯？你那定位准不？”

我说：“准，大哥，你赶紧来，再不来我就要‘挂’了。”

师傅说：“好，你先挂吧，等下我到了再给你打。”

我：“……”

到了一层，电梯门打开的时候，一个女人的惊呼传了过来——应该是被我的样子吓到了，听到呼声我迅速整理了一下刘海和衣服的褶皱，抬头，是一位大妈，幸好是一位大妈。

我想也是，大半夜的，一个脸色苍白、衣衫不整的男人坐在电梯里确实挺吓人的。

我摸了摸自己凌乱的头发，颤巍巍地勉强站起来，走出电梯，留给了大妈一个十分难忘的背影。

02

上了车，司机大哥一边放着“最炫民族风”，还不时地跟着哼：“嘿，留下来……”一边还有一搭没一搭地和我搭话，当时在车上的我本来就恶心、难受，又被这个魔性的音乐整得胃特别“澎湃”。

我说：“大哥，你看看我脸上的汗。”

大哥立马反应过来，说：“好的兄弟，你把胳膊拿过来一点，我关上窗户开空调。”

我：“……”

终于熬到了望京医院中医院。我拿出身份证跟医生说：“哥，我好像食物中毒了，挂急诊。”

医生说：“不能挂。我们医院的肠胃科取消了，你出门打个车去附近的华信医院吧。”

那一瞬间，无力感扑面而来，打车遇见一个状况外的司机，好不容易熬到了医院，却被告知说要去其他医院。

想起了每次点外卖都需要凑起送价。想起了每次买西瓜只能买半个，因为怕坏。想起了很多次因为忘带门禁卡被关在门外等到半夜……现在生病了，上吐下泻，几乎脱水，还得一个人扛着。

只有自己一个人，腿软也得扛住。

03

艰难地走出望京医院，正在路边等车的时候，我爸打电话过来了。

当时就想，是不是真的有血缘感应这回事，儿子食物中毒，当爹的一瞬间就感受到了？父爱如山！

感觉那一瞬间整个人都精神了，连力气都恢复了不少。电话接通以后："你的爱奇艺账号是不是改密码了，我怎么登不上去了。"

那一瞬间，我的心被碾成了渣，去他的血缘感应。还血浓于水呢，感情全靠视频会员维系。

我爸继续说："咋了，怎么不说话了？快点发给我，我等着看电影呢。"

我当时就想，看看看，你儿子都要死了。但还是对着电话尽量装作若无其事地说了一遍密码，我爸听完以后语气忽然提了一下："你声音听着怎么这么虚？你生病了？"

我一下子慌了，用两秒钟组织了一下语言："刚才睡觉呢，所以声音比较懒散。"

然后我爸又问了一些工作怎么样，和同事的相处如何，还有钱吗之类的话。

"你儿子现在在公司里一呼百应，老板天天夸我，同事都愿意和我玩。估计马上就升职加薪，靠期权在北京买房了……"挂了电话后，我坐在地上看着天空。

每次爸妈打电话过来都是这样，骗他们说自己住在三十平方米带着大阳台的房子，每天都晒日光浴，穿的衣服最次都是ZARA，把自己的生活质量添油加醋地夸大300%，然后讲给他们。

其实自己过得怎么样，只有自己知道。

因为自己长大了，宁愿让自己伤心，也不愿意让他们担心。

04

所幸接下来的一切都很顺利。一个人去了华信医院，遇见了特别 Nice 的医生和护士，他们看我一个人来医院，还帮忙倒了好多次热水，帮忙看着吊瓶打完。深夜两点，回到了租住的楼下，才发现没带门禁卡，正发愁怎么进去的时候，就从楼里出来了一个人，真好。

病好了以后，自己一个人宅在家里，躺在一米八的大床上，看着电视剧《白鹿原》和书，想着怎么写好一篇文章，自己一个人也挺开心。

那一刻我忽然明白空巢青年所处的生活状态。

它既不像媒体讲的："空巢青年是伪命题，他们或是对英雄主义的最好诠释。"说这些年轻人在最应该奋斗的年纪没有选择安逸，他们忍受着孤单、寂寞和失落，付出汗水和执着。他们不是空巢青年，他们是英雄，他们推动着社会变革。

我们没那么高尚。

也不像一些文章描述的，无人问我粥可温，无人与我立黄昏。在沙发上看电视睡着了，醒了发现一切如故，甚至死了很长时间别人才会知道，把空巢青年塑造成一种饱经苦难的代表。

我们没那么惨。两者都太绝对。

我们的生活更像是两者的融合，我们既经历过孤独一人生活的寂寞，我们也获得过独处时学有所得的愉悦。

孤独时，我们被全世界抛弃。

独处时，我们把全世界抛弃。

我们是孤单一人，我们是独自一人，我们内心有一个王国。

谁不是一边想找好工作，一边什么也不做

01

小莉，重点大学大四学生，临近毕业，宿舍四个人，两个考研，一个出国了。

她不想考研，又没钱出国，也不知道自己要干什么，最后跟着班上的几个同学，开始一块找工作。

找工作的时候，从网上随便下载了一个简历模板，找了一张自拍贴到上面，然后就开始海投简历，投简历之前，她们班的同学告诉她最好根据每个公司的需求专门写一下简历，她满口答应，但最终因为嫌麻烦所以没做。

过了一段时间，她面试了三家公司，然后都被刷下来了，她没想到找工作比她想的要难这么多。

那天晚上她躺在床上，拿手机刷微信朋友圈的时候，看见同学不是晒考研课本，就是在晒CBD的夜景。只有她一无所有，没有任何方向。

那天晚上她在床上翻来覆去睡不着，太焦虑了。那天晚上她想，第二天一定要去面上一家特别厉害的公司，那天晚上她下载了十多个求职APP。

第二天，下午一点半她才起来，打开求职APP，她看见密密麻麻的招聘信息头都大了，看了五分钟以后，她有点饿了，她想，先点个外卖、刷会微博吧，劳逸结合。

两点半外卖电话打进来的时候，正在刷微博的小莉像猛地惊醒一般，感觉今天的时间又浪费了。她想等下吃过饭，就好好地看一下那十多个求职APP，从里面找一下企业的邮箱，整理一下基本信息，然后投简历。

吃完饭，对着电脑屏幕，小莉看着屏幕里映出的自己，映出来的宿舍，她心一横，还是考研吧。

开机以后她打开Word，看到了昨天在Word里的一句话"打死也不考研"，她又开始焦虑了。

拍学位证照片的那天，她们班的同学们聚在一起，三五成群，聊的话题大都是现在在哪个公司工作或者准备考哪个学校的研究生。大家吐槽着自己的公司，讨论着今年研究生的招生政策。小莉插不上话，只能在一边默默刷微博。

小莉坐在凳子前，摄影师说：“笑一下，欸，对，很好。”摄像头闪完的那一瞬间，她一下子就哭了。

除了知道自己很焦虑以外，她对选择，对方向，对未来一无所知。所以干脆什么都没有做。

眼泪里含着是选择考研还是工作，同学们都有所成就而自己却没有任何目标的焦虑。难以自救。

02

阿明，二十六岁的焦虑：年龄和成就不符。

上个月阿明为了做自己喜欢的事，从南京辞职来到了北京，临走之前他领导问他：“你年纪也算不小了，现在跨行业北漂想清楚了吗？”他说：“想清楚了，为了自己喜欢的事，值。”入职的时候和他同龄的人已经是主管了，他的直属上司都是比他小四岁的人。

刚来公司的时候，他信心满满，有一次节目选题会的时候，他一口气报了三个节目提案，一个都没过，但是和他一起进来的两个同事，提了几个节目提案，大家都感觉还不错，其中一个提案当时就初步立项了。

从那以后，阿明就开始怀疑，自己是不是跨行跨错了，来北京是不是来错了，开始怀疑自己是不是没有这方面的天赋，每天都很焦虑。但他从来没想过去解决自己的焦虑，其实多做几个节目分析报告，多研究一下爆火的节目背后的规律，或许可以帮他缓解一下焦虑，但他只是焦虑，什么也不想做，一个月很快过去了，他一无所获。

第二个月初的时候阿明以前在南京的上司来北京出差，问他有没有时间一块吃个饭。

那天他们俩约了一个火锅店，快吃完的时候，他上司忽然说要去厕所，他当时就站了起来，跟他以前的上司说，你都来北京了，怎么说都应该是我请客。然后他和上司争执了很久，最后他上司实在是拗不过他。

阿明走到前台，说："三十四号桌结账。"前台说总共328元。

阿明迟疑了一下，没想到一顿火锅居然花了这么多钱，但还是拿出手机点开微信的付款码。前台扫完以后说，不好意思先生，扣款失败。

阿明打开微信发现自己微信钱包里只剩下24.6元，然后打开自己的支付宝看了一眼，只有270元。

阿明忽然想起来，这个月初人事发给他的工资条上面写的数字。他上个月只拿了3500底薪，一点绩效都没拿到。

服务员看他愣着，就叫了叫他：“先生，我们这也支持银行卡和支付宝。”

他愣了一下，说等下再付吧，我问问我朋友。

两分钟的路他走了五分钟，这一路上他想了很多种说法，什么微信没钱，支付宝额度用完了，手机正好没电了……

最后还是让前上司付的饭钱。

结完账，阿明像是在弥补似的，跟他前上司说，下次来我一定要请你。

出了门，送走了前上司以后，阿明回过头来点了一根烟，一边抽烟，一边掉眼泪。

第二天，阿明到了公司打开电脑，正准备做节目方案的时候，心里又迟疑了一下，因为不做的时候他还可以安慰自己，他很厉害，很有天赋，他是天生的节目编导，他只要想做 2 小时就能写完。真正做的时候他才发现，他根本干不成这件事，这件事太难了。

阿明今年二十六岁，他说自己为了自己的理想跨城市、跨行业跋涉而来，输不起了。

他活在年龄的焦虑里，难以自救。

03

除了有毕业的焦虑，年龄的焦虑以外，更多的是日常的焦虑。

前段时间，我面试过了奇葩大会初选，在定稿环节面试之前，我突然变得极其焦虑。每天 80% 的时间都花在自己的焦虑上面，根本写不了稿子。那个时候虽然很焦虑，但是并不想着怎么去解决问题，更没有去写面试稿。每天只是打开面试稿的文档，在电脑前发一上午呆，熬到午饭时间，吃完午饭继续发呆，一天结束，躺在床上焦虑得睡不着。

夜以继日，大脑麻木，活着像个行尸走肉。

后来直到我看到微博@河森堡说的一段话我才豁然开朗。

“朋友们，我的一点切身经验，如果你觉得某个任务让你特别焦虑，压得你喘不过气来，那么最好的排解方法就是直接去做这事，什么都别管，就是使劲做，努力地推进其进度，这棘手的事情在进度上每发展一点，你的焦虑就会少一分，同时你的焦虑越少，推进的速度也就越快，只要咬紧牙关，不停地推进，总会有解脱的那一天，而且你每完成一个棘手的任务，你或多或少都会比之前强大那么一点，这件苦差事总是会改变你一些。”

真的，诸位，有什么难事千万别耗着，别等着，那只会让人在无尽的焦虑中煎熬，面对焦虑，只需要尽力地去推进，去做事，做着做着就有出路了。

你焦虑的不是某件事情，而是焦虑本身。

当事情开始慢慢推进的时候，焦虑会变得越来越轻微，事情会变得越来越有趣。

你可以杀死你的焦虑。

每一次机会来临时，你都不行

01

王辉，上市公司总监，二十三岁，月薪 4.5 万，奖金另算。

大四那年王辉申请到了一家上市公司管培生的 Offer，因为表现优秀一个月后就进了总裁办工作。

王辉的主要工作是协助另外一个总裁办的正式员工安排日程。去的第一天，那个老前辈就告诉他，他们的工作不累，一切按照之前的体系来安排就行。

但他接触了几天流程以后，感觉很多流程是有点浪费时间的，挤地铁、吃午饭、睡觉之前的一些碎片化时间就自己学习一些时间管理、项目管理的书。

过了两个月，正是“十一”的时候，他们总裁要去上海谈一个合作。

王辉负责准备出行的车票，他用尽各种方法，尝试了很多抢票软件，但还是没有买到直达的车票。第二天他给总裁汇报的时候，先是说了没抢到直达的票，然后拿出来一个换乘方案。

方案里写清楚了几种换乘方式，先到 XX 站，再到 XX 站，等车的时间，可以开视频会议，或者处理公司之前的合同。这样虽然比直达要多三个小时，但这三个小时的时间都没有浪费，都可以处理事情。

那次以后总裁开始注意他了，后来王辉趁势用前段时间学习的项目管理和时间管理的方法，做了一份总裁办流程计划。

三个月后，他成了真正意义上的总裁助理。

两年后，他成了他们公司最年轻的总监。

王辉每天日程安排得特别满，上次和他吃饭的时候他说："每天上班坐地铁的路上就已经把今天一天的日程安排好了；中午下电梯拿外卖，就把上午的工作复盘一下；工作累的间隙，或者回家的路上，拿出手机听一会音频……"

他说是每天碎片化的学习时间累积起来，成就了他。

02

赵一鸣，创业者，二十五岁，身家千万。

大三那年，赵一鸣去了一家国内知名的证券公司实习，实习的时候，做事主动，从来不说自己不会，无论上级安排什么工作给他，他总会说：我试试。

上班的时候他们工作强度特别大，每天都在整理一些财务报表，梳理一些资金流向，每天忙得晕头转向，和他在一起实习的同事经常抱怨工作强度太大，而且每天只给 150 块钱。

有时候同事还约他下班后打游戏，他每次都是笑笑用论文还没写完的理由推托。他利用下班回去坐车的时间，走路的时间，吃午饭的时间去看一些公司上市需要注意的法律法规的课程，学着怎么优化财务报表。

有一次他们跟着主管做公司上市之前的财务梳理的时候，他靠之前自己学的方法尝试做了三个方案发给了主管。

主管看完以后直接把方案发到实习生的群里，使劲地夸了他。

过了两个月，他实习即将结束的时候，主管带着他一块吃了一顿饭，问他愿不愿意跟他一起创业。

当时他心想，是不是因为他还没毕业需要给的工资不高，所以主管才叫他一起创业。

那天他问主管为什么要找他一起，因为他只是一个实习生，没什么人脉，也没有家庭背景。主管说，因为他懂得自己学习，学习能力特别强。创业团队就需要他这样时刻都学习的人。

那时候他们一块做了一家互联网金融公司，过了半年，互联网金融的风口来了，他毕业那年，公司完成了 B 轮融资。没多久公司就被一家上市公司收购了，他靠股权分了几千万。

现在在第二次创业，他说，他招人的时候，要看员工怎么利用下班后的时间，怎么安排自己的时间，要看他是不是时刻都有学习的意识，要看他是不是不浪费自己的碎片化时间。

03

刘洋，国际航班空中乘务，二十三岁，月薪 2 万多。

环游世界一直是刘洋的梦想，为了这个梦想他报考了空乘专业。

现在刘洋过上了自己想要的生活，今天在阿姆斯特丹坐船，明天去荷兰看风车，后天又在英国的泰晤士河边漫步。

在挪威罗弗敦群岛上，喝着啤酒烫着火锅透过窗子看着远方天空上的极光。

前几天刘洋休班的时候，我和他一起吃了饭，他和我讲了他这半年在世界各地的见闻，聊到迪拜，聊到西欧，聊到教皇。

他说，西斯廷教堂里充盈着檀木的香味，站在耶稣的十字架前昂首眺望天花板上的名画时，他感觉到了前所未有的震撼。

有些东西，必须要去经历才能懂得那种感觉，从书和旅游攻略上是看不到的。

我说："真羡慕你，你这才刚毕业就开始飞国际航班了，开始满世界转了。"

端起一杯酒，他说："航空公司长得比我好看的，条件比我好的多的是，我能这么快从一个见习乘务员到飞国际航班，全靠口语吧。"

我忽然想起来了，大二那年冬天他叫我一起去英语角晨读，每次大概读上二十分钟，那时候室外温度在零下十度左右，因为太冷，我只去了两天就放弃了。

我想起来，有一次我上课的路上，看到他因为寒风而冻得发红的鼻子，冻得发白的右手拿着一本英语资料，我还问他为了学个英语不至于这么拼吧。后来去食堂吃饭等餐的时候，他又翻开了那本资料，我在旁边说："这么点时间你还要学吗……

你是学傻了吧。”

他笑了笑说：“这点时间也能记好几个单词。”

看到他周游世界，我却因为英语不好错过两次和偶像面对面对话的机会，我才知道是我傻。

我们采访《中国有嘻哈》选手的时候，因为英语不好，我只能把我特别喜欢的欧阳靖让给 pp 去采访。

上次采访本·阿弗莱克（蝙蝠侠扮演者）。同事在旁边采访，我只能在旁边看着傻笑，因为他们的语速太快，我几乎听不懂。

虽然我现在确实很努力了，能接触到以前可望而不可即的明星，能争取到和他们对话的机会，但是一万件准备好的事情，都会因为一件事的不行，而前功尽弃，失去和他们交流沟通的机会，就因为英语。

自己离偶像那么近，却触不到的时候，我才真正明白蔡康永老师那句话的意思：“你五岁觉得游泳难，放弃游泳，到十八岁遇到一个你喜欢的人约你去游泳，你只好说‘我不会耶’。十八岁觉得英文难，放弃英文，二十八岁出现一个很棒但要会英文的工作，你只好说‘我不会耶’。”

所有你看到的，那些光芒万丈的人，那些惊艳全场的人……都是一小时、一天、一整年积累出来的，所有教你可以学完一次就能成功，就能升职加薪的课程都是胡扯。你需要坚持去做，你每天除了工作以外的碎片化时间，才是决定你将来能走多远的重要因素。

坚持下来，几个月就会看到差距。

每个人的手表都走得一样快，但每个人的生命却不是。你是选择利用时间，还是打发时间？

高效利用碎片时间你才能走得更远，才能提升自己的综合能力，才能升职加薪，才能过上你想要的生活。

第五章

成年人的世界

我做过最爽的事，就是给父母打钱

“我可以被看不起，我妈不行！”

01

在以前的公司，几乎所有同事谈起对我的第一印象，就是：抠。

的确，我是个很抠的人。

每天中午只点 9.9 元的特价餐，因为特价餐都是限购十份的，所以我会提前定好闹钟，生怕自己抢不到。

刚来北京的时候，住的是最寒酸的青旅，三十平方米的房子，有六张床，可以住十二个人。

去公司上班，从来不舍得打车和坐地铁，宁愿花更多的时间走路。因为我时刻记着，我要给家里打钱。

二十岁以后，给父母打钱那一刻，就是我最开心的时候。

“您的尾号 7504 的储蓄卡账号，消费支出人民币 1800 元，活期余额 40 元。”银行扣钱信息的提示音响起的时候，余额少了，但我的心却踏实了。

但二十岁以前的我，跟现在简直判若两人。

02

从小到大，我最大的爱好就是跟同学攀比。

最喜欢听的一句话是：“你真有钱。”

每天都要和同学比谁的生活费更高，比衣服的牌子是不是名牌，比鞋是不是限量版，孜孜不倦地追求 iPhone 的最新款。

高三那年，我爸的合作伙伴卷钱跑路，家里破产了。

我爸妈告诉我的时候，只是轻描淡写地说：“家里赔了点钱，以后可能没有那么宽裕了。”

我当时第一时间想到的，并不是自己的父母以后会多辛苦，而是之前我爸承诺的 iPhone 最新款，很难买到了；定好的毕业旅行计划，可能要泡汤了；最新款的鞋子，可能也穿不上了。

03

生活状态的突然转变，让我很不适应。我从小养成的那些虚荣爱攀比的习惯，并没有随着家庭条件的跌落而消失。

大一的时候，有一次刷淘宝，看到了一双“AJ7”黑白配色的鞋，当时的售价是 1958 元，差不多是我当时两个月的生活费，我狠了狠心，下了人生中第一个分期的订单。分成六期，每个月还 300 多。

这双鞋子成了我分期消费的开始，后来我又分期买了手机、电脑、衣服。

买的东西越来越多，累计的账单越来越多。为了满足自己的开销，我那两个月编了无数的借口向父母要钱。

尽管经济不宽裕，但是父母收到我的信息，总会第一时间想办法打钱过来。

04

“五一”的前夕，我刚回到宿舍，几个室友就喊住我：“吕白，马上五一了，我们几个打算一起去杭州玩儿，你跟我们一起吗？”

我笑了笑：“去去去，随时奉陪啊。”

晚上等大家都躺下了，自己一个人对着手机屏幕看着那个余额只有689元的银行卡，默默地计算着去杭州的开销。然后摸黑绕到宿舍走廊尽头的拐角，压低声音打电话给我妈。

“妈，我要去报个培训班，再给我打两千块钱过来。”

我妈也还没睡，听我说完，沉默了一下，说：“好，妈妈给你想办法。”

当时我握手机的手不自觉地更用力了，声音也提高了好几个八度：“不是想办法，是必须要！”

我挂了电话，心里全是愤懑。

接下来的几天，我每天都会打电话催我妈，让她快把钱转给我。

05

离“五一”只剩两天了，我妈还没给我打钱，我又打过去，电话停机。

我气冲冲地打了家里的座机。那边刚接听，我就不耐烦地说：“你就不能快点把钱打给我吗？”

电话另一边沉默了一下：“我是你大舅。”

我顿住了，有点尴尬地喊了一声：“舅舅！”

他说：“你对你妈这么凶干什么？都二十岁的人了，一点事不懂吗？家里亏了几百万，欠了几十万，你每天还大手大脚的？”

我有点懵，怎么可能啊，我们家不是只赔了点钱吗？什么时候负债累累了？

舅舅接着说：“你爸妈为了多赚钱，每天都去大理石厂工作。每天下班以后，他们两个都跟个泥人似的，浑身上下全是粉末。你妈哪里受过这种苦，现在整个手都被石末烧伤了，手指都裂了，又红又肿。一把年纪了，还要每天被老板骂干活太慢。唉……”

大舅继续碎碎念，而我的心也一点一点地往下沉，慢慢地听不清他在说什么。

妈妈一直养尊处优，是个连碗都不愿意洗，就怕手变粗糙的人。而爸爸，更是把面子看得比命都重要的人。他们在大理石工厂干活，满身是灰的样子，我真的想象不出来。

半天，我才问：“舅舅，妈妈在哪儿？电话怎么停机了？”

“她连充话费的钱都没有了，还找我借钱给你上培训班……”

挂了电话以后，我在马路上走了很久。

从太阳高挂，走到街灯亮起来，又走到路灯全都熄灭，太阳快要重新升起来。不知道走了多远，忘了走了多久。

太阳升起来的时候，我收到了短信：“您的账户收到2000元转账。”

紧跟着又进来一条短信：“对不起儿子，妈妈转晚了。”

这一刻，我内心死死撑住的大堤轰然倒塌，洪水喷涌而出。

06

当我意识到自己的混蛋和家里的处境之后，开始找兼职，赚钱，想帮家里分担哪怕一点点的负担。

当我第一次赚到1574块钱的时候，第一件事，就是打开网银的APP，找到了几年以来一直给我打钱的那个账号，输入了500。

按下“确定”键的那一刻，我终于明白了父母的心情。

以前是爸妈为我付出为我撑腰，现在我终于也可以为家里做点什么了。那种成就感，比自己买一百双“AJ”还要大。

我第一次觉得，我在这个家里，是一个实实在在的、有用的人。我也可以靠自己的那一点点力量，撑起我们的家。

过了十分钟，我给我妈打电话："妈，你收到了吗？我刚刚给你打了 500 块钱。"

我妈"嗯啊"了几句以后，电话那边就没声音了。

第二天，我收到了一条信息："儿子，昨天妈妈真的很开心很开心。你终于长大了。忍不住跟工友们说了大半天，她们可羡慕我了……"

那一天，我也很开心。因为，我终于成为了妈妈炫耀的资本。

我少吃一点，把钱打给他们，他们就可以吃得好一点；我少花一点，把钱打给他们，他们买东西就不用精打细算。

我被同龄人看低一点，把钱打给他们，他们就可以成为同龄人羡慕的对象。

07

人不会无缘无故地长大，总是需要那么一件事出现，去刺激你，去打醒你。我很感激当初二十岁的自己，能在那个时候幡然醒悟。

这些年，我做过很多兼职，遭过很多白眼；我创过业，也失败过；我拿命换过钱，被同学看不起，在宿舍里一个人腿疼得下不了床，也没人帮我带一份饭。

很多人用两个字形容我的生活，艰难。

但是这些所谓的艰难，比起我父母这些年为我承受的东西，根本不值一提。每一次，我打开网银把钱转给父母的时候，都觉得这所有的一切，全部都值得。

成年人的世界：夜晚可以矫情，天亮只能拼命

“懂事崩”是指成年人无法随心所欲地崩溃、不能当众示弱，不能影响工作和生活，只有在确保第二天能够充分休息的前提下，才会在深夜里独自崩溃。很懂事，也很无奈。

在现代人的生活里，哭泣是要调成振动模式的。

前几天，一篇《寿光雨夜他死去，无人知晓》的文章刷爆了朋友圈。

张金来是一位三十九岁的农民，儿女双全，今年家中还新盖了一个蔬菜大棚。外头人都觉得他很开朗，别人有想不开的事情，他都愿意去劝，从不说别人的闲话。家里处处挂着红色对联和福字，每次去他家都能感受到他对生活的热爱。

就是这样一个人，在家中的院子里用一根尼龙绳结束了自己的生命，没有人知道他是什么时候死去的，包括他的母亲。在自杀前的二十四个小时，张金来度过了平淡又普通的一天。清晨出门去大棚里干活，傍晚六点回到家里，因为担心妻子忘记吃晚饭，还特意叮嘱了她。

八月份，一场几十年未见的特大暴雨，落在潍坊的土地上，二十多万个大棚受损，张金来家的大棚也没能幸免。大棚进水、借钱被拒、围墙倒塌。就在几年前，他们一家为刚出生的女儿借钱交了十三万的罚款，为了让家人过上更好的生活，张金来又找银行贷款十万，修了一个新大棚，“大棚越多，收入越高。”他总是这样说。

没人知道，是什么压垮了张金来对生活最后的希望，或许是垮掉的大棚、十万的贷款，又或者是倒塌的围墙，还是它们的总和？

一条热门微博是这样说的，“现代人的崩溃是一种默不作声的崩溃，看起来很正常，会说笑、玩闹、社交，表面上很平静，实际上心里已经糟糕到了极其严重的程度了。不会摔门砸东西，不会流眼泪或者歇斯底里。但可能在某一秒突然就积累到极致了，也不说话，也不是真的崩溃，也不太想活，也不敢去死。”很多时候，击垮我们的都是一些鸡毛蒜皮的小事，就像压死骆驼的最后一根稻草，明明很轻，但却足以让人崩溃。

大学实习的时候，公司旁边有一家早餐车，猪肉香菇馅儿包子的味道，跟以前在家时姥姥做的一样，所以我每天上班都会顺路买两个当早餐。老板也是山东人，买包子的时候我们会顺便聊两句，一来二去也就熟悉了起来。

上周接到了一个推广策划的任务，我不止一次地怀疑甲方是处女座，推广文案改了二十几遍还是没有最终确定风格。为了协调这个策划，我已经连续一周见到凌晨三点的北京了。昨天晚上九点多，我开始感到心脏疼，眼前一片模糊。求生欲驱使我马上关了电脑，离开公司。在等地铁回家的时候，来自甲方的微信提示音又响了。“吕经理，我觉得……还需要修改，麻烦你一会发一个新的给我吧，辛苦了。”那个瞬间，望着地铁的隧道，我只想把手机扔下去，让它被地铁狠狠碾碎，然后大喊一声：“老子不干了！”

但我还是和往常一样挤上地铁，在令人窒息的拥挤和喧闹中，插上耳机边听音乐边刷网易云热评。里面有一句话是这样说的：“人生下来就是要死的，为什么还要活下去？”是啊，人生下来就是要死的，为什么还要活下去？我也想问。

回到家，我滴上眼药水，飞快地洗了一个热水澡。头发还在滴水，但客户已经在催了，我来不及擦干头发，先打开电脑。两个小时后，对话框的那头终于发来一句“好的”。我一下子瘫倒在床上，茫然地望着天花板。

第二天早上起床，双眼红肿，头发乱到我以为自己是按照鸟巢做了造型。算了，要不不去上班了，请假在家好好睡一觉，我倒头又睡了过去。半个小时后，想到房贷的压力，我还是向全勤奖屈服了。出地铁站后，我发现离上班时间只有不到五分钟了。

“小吕，小吕！”早餐车的阿姨隔着老远就开始喊我。

“阿姨，我今天来不及买早餐了，我快迟到了。”

阿姨递给我一个早餐袋，说：“给你留了一份，快上班去吧，记得吃啊。”

我一边跑向公司，一边回头和阿姨说：“谢谢阿姨，明天给你钱啊！”

那个早餐袋里，包子是刚加热的，拿着还有一点烫手。阿姨还多放了一盒牛奶。

人生下来就是要死的，为什么还要活下去？总要有活下去的勇气，才能感受生活的温度。

其实，谁又不是一边不想活了，一边热爱生活呢？白天积极向上，世间万物皆可爱，晚上丧到爆炸，负能量的微信朋友圈动态一条接着一条。

一个人崩溃的原因有很多，大都是生活中突然出现的小事。比如没能挤上地铁上班迟到；比如迷路的时候碰上手机没电用不了导航；比如加班到深夜，第二天依旧被老板骂得狗血淋头……有时候你真的想要过好生活，但总是事与愿违。你不可以找朋友倾诉，因为大家都有各自的不容易，没人愿意浪费时间去安慰你，你的崩溃、孤独，都被扣上了“矫情”“多愁善感”的标签。你的心里住着一只野兽，无奈身边却尽是牢笼。最终，你被生活驯服了，不再发微信朋友圈抱怨不满，也极少和朋友倾诉，更多的时候，一个人在深夜钻进被子里，悄悄地抹眼泪。

如果，热爱生活的标准简单一些：比如每年有一次定期的旅行，可以吃到可口的饭菜，身体健康，有爱人，有朋友，内心怀有对未来生活的憧憬……那我或许还可以达到及格线。

知乎里有一个问题，“热爱生活是什么样子的？”我很喜欢其中一个答案：“热爱生活是个太大的命题，我只觉得生活虽然有那么多麻烦要处理，但活着终归是件挺好的事情。”

你不是“985，211”，你的简历要被丢进垃圾桶里

前段时间被一个“名企 HR”撸“非名校学生”的视频刷屏了，视频里的 HR 有两个观点：

1.“985，211”的学生你比不了：“985，211”的学生在权威杂志上发过论文，经常参加国际性的行业交流活动，创业拿天使投资，还至少参加过 6 个月渣打、花旗银行的实习。

2.不收非“985，211”的学生。

对于第一个观点，我咨询了几个“985”大学的同学，他们说 HR 所说的学生，在他们所在的大学里也是凤毛麟角。

第二个观点，名校情结确实存在。存在于企业、考研、爱情和我们生活的方方面面。

01

小王是我大学里最好的朋友，成绩是专业前十，学生会部长，拿过一次国家奖金。

他第一次接触“985，211”学校的学生，是参加“创青春”大赛的时候，那时候和全国五百多所大学的人去竞争，当时的对手不乏北大、清华、复旦这些一流学府，最后他们队伍还是依靠过人的实力从众多名校队伍中“杀”出，拿了国家金奖。

那时候小王感觉，与“985，211”的差距，靠努力就可以弥补。

第二次就是现在。小王参加一个公司在本地的一所“985”学校的宣讲会，听了两个小时这个公司的愿景和发展方向，尤其是听到这个公司讲，我们公司不看学历，只看能力。他看了看自己精心准备的简历，心想，这次肯定没问题了！

宣讲会结束的时候，小王把简历给现场的工作人员以后，工作人员看了一眼他的简历，就把它放进了两个箱子中的一个里面。

等小王发现自己公交卡落在宣讲会现场，回去找的时候，看到宣讲会前面的台子上，有一个装着简历的箱子，被丢在了垃圾桶的旁边，里面大概有几十份简历，其中就有他的。

小王看了很久，从这几十份简历里发现了一个共性，它们都是出身非“985，211”学校的学生的简历。

这时候小王觉得,“985,211”真的是一个无法跨越的鸿沟。

后来他才明白，大家往往会根据你学校的名气去推测你的能力，却从来不会根据你现在的成绩来推测你的潜力。

当你的能力无法在那几张薄薄的纸上完全展现出来的时候，“985，211”名校就是你手中的“敲门砖”。

02

前段时间考研成绩出来的时候，大家纷纷在微信朋友圈晒成绩，不经意间刷到了高中同桌姚琛的微信朋友圈。

“纽约时间比加州早三个小时，但加州时间并没有变慢。每个人都有自己的发展时区。高考失利上了二本，考研405分，虽然过了四年，但是我追回来了。”

后来我在微信上问姚琛，他告诉我：“复试成绩惨淡，无缘心仪的学校，甚至连能否调剂都是问题。”

他说，他复试那天，刚进去的时候主面试官出去接了一个电话，最开始的三分钟，他和另外两个老师聊了自己在大学里获得的奖项，参加的活动，等等。

后来主面试官回来了，看了看他的简历然后问他：

“你们学校好像不是‘985，211’高校吧？”

“和其他‘985，211’的同学比，你有什么优势？”

姚琛回答了很多，最后老师看了看他的简历还是摇了摇头。

“回去等通知吧，麻烦叫下一位同学。”

最后结果出来了，没有他。

无奈之下，姚琛在网上找各大院校研究生还没招满的名单，最后他发现本省的一所“211”学校还在补录，他打了好几次电话都在占线，二十分钟以后他打通了。

“你本科是？”

“××大学。”

“是‘985，211’吗？”

“不是，不过我初试考了405分。”

“不好意思啊，我们现在只接受‘985，211’的调剂。”

姚琛不想“二战”了，即使考再多分，又有什么用呢？

405分的“双非”还是败给了“985，211”的本科，“英雄不问出处？”“考研问。”

03

前几天刷知乎看到一个问题："'985'的女孩与非'211'男生的爱情如何走下去？"大意是这样的：

她和她男朋友是高中同学，男朋友高考失利，去了一个普通一本。她正常发挥去了一所"985"学校，她男朋友对她很好，也很上进，只是他的学校并非"985"，也不是"211"。所以想问问大家，还能走下去吗？

不知从何时开始，"985，211"已经成了一个恋爱的标准，你"985，211"的就应该找一个"985，211"的，非"985，211"的只配娶一个非"985，211"的，这就是门当户对。

恋爱开始之前我要问你："有房吗？有车吗？工作好吗？你是'985，211'吗？"

"我都有。"

"好，那我们就有了爱情。"

原来我们这个时代的爱情，前面要加这么多的限定词。

非"985，211"学校的我们在工作中会遇到："非'985，211'的我们不招。"

我们来不及开口，甚至不是因为我们不够优秀而被拒绝，我们只是连开口的机会都没有。

非“985,211”学校的我们考研复试:“你们学校不是‘985,211’吧。”

“嗯，不是，可是我很努力，我做过……”

“嗯，你先回去等通知吧。”

非“985，211”的我们在恋爱中：“室友都说我们不合适，还是算了吧。”

“对不起，我只是感觉我们不合适。可能我们两个人将来的发展方向不一样吧……”

即使是现在，依然有很多企业和学校把“985，211”作为我们能否进入他们的门槛。

我们都很清楚地知道，是我们以前不够努力或者因为各种不可控的客观因素，所以没能去“985，211”大学。

但是，后来我们醒悟了，也确实很努力，很拼了。我们也做成了很多事情，但还是因为非“985，211”的标签被歧视。

“985,211”学校里也有宅在宿舍里打游戏的人,非“985,211”学校里同样也有为了自己的理想玩命拼搏的人啊，真的不希望一开始就给我们统一贴上标签。

这些年不知道为什么，“985，211”变成了贴在我们身上的一个标签，一个磨灭不了的烙印。

如果我们给一个人贴标签，贴久了的话，这个人很可能就会变成标签上说的那种人。

这个事情最可怕的是，它是给一代人贴标签，这一代人如果一直没有改变的话，就真的可能会变成标签所说的那样。

我们没考上“985，211”的学校，我们不要求社会一开始就对我们公平一点。

但是我们希望，即使社会不认可我们的观点，认为我们说的都是错的，认为我们非“985，211”一无是处，但我们还是希望，他们能给我们说话的机会。

这是我们这代人，我们这代非“985，211”的学生群体，摘掉标签的第一步。

曾经我们做得不够好，后来我们竭尽全力，可不可以不要因为一个“985，211”的名号，就否定我们所有的心血。

毕竟，任何时候的努力都值得被尊重，不是吗？

大学的时候，我是这么干掉三分钟热度的

我前段时间在某问答平台上提了一个问题，一个可爱的小粉丝紧跟着就问了我一个问题。

看到他的问题，一向嬉皮笑脸的“吕老湿”也不得不严肃了……

问题如下：

“人人都想成功，我也是，我也想用心做好每一件事情，但每次做了开头就坚持不下去了，我该怎么坚持？大道理都懂，就是做不到。期待老师的回复。”

看了这个问题，我相信我们大部分人可能或多或少都有过这种情况，做事三分钟热度，无法持续。前脚说着要改变自己，要学英语，要学技能，要看书。三天过后，又回到了原来的样子，该躺床上的躺床上，该追剧的追剧，该颓废在公司混日子的还是继续混日子。

大家有没有想过，其实我们和牛人的距离可能就是坚持！

因为一万小时天才理论告诉我们：

人们眼中的天才之所以卓越非凡，并非他们天资超人一等，而是付出了持续不断的努力。一万小时的锤炼是任何人从平凡变成世界级大师的必要条件。

95% 以上的天才，都是在某个领域钻研数年持之以恒磨炼出来的。

以下三点经验，是我亲身实践最有效，也是最容易执行的。

正是因为这些坚持，我在大学里赚到了第一个二十万；让我在国内微信校园营销领域有了自己的一席之地；让我在大三的时候就做到了中型创业公司的总监；然后下半年自信地跳槽到国内微信公众号前三的公司工作。

这些经历也让我变得越来越优秀。

1. **先知道自己的目标是什么，然后分解。**

（1）分解目标，把目标写在纸上：自己将来想成为什么样的人？想要过什么样的生活？成为这样的人，需要我们具备哪些技能和知识？或者拥有哪些资源（公司／股权／房产等）？

（2）然后把这些必备的技能、资源慢慢分解成一个个中期目标，为了实现中期目标，每周需要完成什么？进而安排好每天的日程清单。

（3）这样你会慢慢完成一个个小目标，而完成小目标取得的成就感，更会激励着你不断向前。

这个方法还是“吕老湿”曾经误入传销的大表哥一把鼻涕一把泪地拉着“吕老湿”的手讲的。说的是他们刚进入传销时的洗脑术……

2. **进入一个圈子。**

有句话说得好，近朱者赤，近墨者黑。互联网发展到今天，人们的沟通成本、社交成本慢慢地降低，出现了各种垂直领域的社群以及一些付费的音频、视频和知识。

比如我之前进了一个一周读三本书的微信群，定期打卡，然后写读后感，每天大家都在这个群里签到，虽然后来因为一些事耽搁了，但是我在这个社群锻炼出了快速看书的技能。

那段时间和那群看书“疯狂”的人一起看书，直接把我的阅读速度和吸收知识的速度提高了好多。其实就和高三一样，在一个全民都那么拼的环境里，你偷点小懒心里都会感觉非常愧疚。这就是群居的魅力所在，群居可以帮你战胜懒惰，战胜恐惧，战胜阻挡你的一切障碍，但同时也可以毁了你，所以你需要注意的是，选择什么圈子。

3. **适当地喝点“鸡汤”。**

很多人对“鸡汤”嗤之以鼻，曾经有段时间我也是，我感觉“鸡汤”天天光给你打鸡血又不说什么方法，有什么用呢？但是后来，我遇到了一段十分无助，困难的时光。公司拿不到投资，自己的钱也“烧”了很多。

不想告诉家里，也没有朋友可以倾诉，那段最昏暗的时光，我都是看着鸡汤文度过的，从此以后，我对“鸡汤”不那么反感了，自己累的时候，坚持不下来的时候，看看“鸡汤”。

靠着“鸡汤”我熬过了一个又一个无助的日子，事业也慢慢有了起色，我也变得越来越有信心，现在的一些平台好像蛮反“鸡汤”，推干货的，其实我倒是感觉无所谓。把一切交给市场更好。

从某种意义上来说，“鸡汤”其实也是干货的一种。

成年人的世界是你想象不到的辛酸

01

有这么一个人：

获得唯一与写作相关的奖是小学三年级的时候，在他们小学关于母亲的征文比赛中，在六十名参赛人员中，获得了第五名。

他几乎没读过什么正儿八经的书，基本上都是读一些《斗破苍穹》这样的小说，更夸张的是，他连著名作家郭敬明的书都没看过。

就是这样的一个人，说想当作家，想出书。这个人就是我。

当然，随着年龄越来越大，我也认识到了自己的问题，当作家不是简单地说说就行，肯定需要长时间的积累。于是我开始广泛涉猎，慢慢地就迷上了《盗墓笔记》《鬼吹灯》这样的文学作品。

这些书拓宽了我的视野，让我意识到原来除了玄幻小说、言情小说以外，居然还有第三种——盗墓小说。

02

时间像脱缰的野马一样，不断向前。

二〇一四年的时候，我上大一。

腾讯推出了微信公众平台，机缘巧合，我当时就注册了。

写的第一篇文章《快递小哥和食堂大姐的不伦之恋》，以风趣幽默的写法，收获了诸多迷妹。

她们当时在公众号后台夸我脑洞真大、写得真好、看哭了……

当时我忽然意识到了一件事：写好微信公众平台，可能是我成为作家的第一步。后来我陆续写出了《英语四级蒙题攻略》《合群是堕落的开始》等一些文章。

03

后来，机缘巧合之下，我到了“咪蒙”。

我和另外两个同事被分在一组，和他们一组我很高兴，因为他俩一个没写过公众号，一个写过但阅读量不高。我当时心想，我的春天来了。

那段时间，我们像一家人一样，一起接受了很多培训。当时我就发现了一件事情，每次开完有关书的讲座的时候，大家都会闲聊一些作家，比如村上春树、东野圭吾、王尔德。聊柴静的《看见》、米兰·昆德拉的《不能承受的生命之轻》，聊天过程中，杨乐多总能背出来几个句子。

我当时就想这也太“变态”了吧，你看的书多就多吧，还能背出来里面的句子。这让当时的我挺有危机感的。

不过过了一段时间后，我又恢复了之前的状态，因为当时我想，虽然我书读得不多，但是我文章写得多啊。等到开号的时候，我再好好虐你们。

04

过了一段时间，我们五个人就开了“才华有限青年”这个微信公众号。开号的前几天我特别兴奋，因为终于到我表演的时候了，春天终于又回来了。

那几天，越想越开心。我一下子就交了四篇稿子。当时我就想，这次你们不行了吧！

整个周六周天，我就等着主管怎么夸我：你看看人家吕白，交的稿子，不仅质量好，数量还多，pp，杨乐多，你们两个学起来。

等到周一结果出来的时候，我才知道现实和想象还是有距离的，我交的四篇稿子统统被毙。

当时我最得意的一篇《合群是堕落的开始》，也被批注：“土土土土土。”反而是同组的另一个同事的两篇稿子都过了。

那会儿我才忽然意识到，我原来的思维，原来的方法，原来写文章的语气和姿态，都行不通了，我唯一的优势，早已荡然无存。

05

过了一个星期，公司编剧部门的一个女生离职了，准备回家考公务员。她走的当天我很小心地问她，我说："当编剧不是你的梦想吗？"

她回了我一句话："一言难尽，现实可能不允许吧。"

为什么要说她呢，因为在她离职以前，我压力最大的那段时间，是她告诉我，你要坚持自己的梦想。

真的，想想挺悲哀的。

一个曾经鼓励我坚持梦想的人，现在放弃了自己的梦想。

正好，那天晚上我改了四次的稿子也被毙了。当时主管很委婉地说："感觉不够，可能需要再改改吧。"

那天晚上，我坐在电脑前没改稿子，就对着电脑，发呆，发呆了很长时间。

发呆的时候，我在想："北漂这么难，我读的书不多，写文章还写不过别人，不然就回去吧，回家当老师也是不错的选择。"

然后我就真的拿起手机买了到济南的火车票。

06

那天我下班特别早，正好赶上了地铁的晚高峰。人特别多。

人挤人，让当时沮丧的我更添了许多绝望，我感觉自己即使奋斗一辈子，最后的结果也只是在北京挤地铁。

被人群挤上了车后，我站在地铁车厢靠门的地方。

戴着耳机，听着范玮琪的《最初的梦想》。

“最初的梦想紧握在手上，最想要去的地方，怎么能在半路就返航……”

听着听着就哭了……

当时满怀理想来北京，准备干一番事业，可现在我就这么狼狈地回去了。

当天晚上，我坐上了回济南的火车，但火车开到半程的时候，我想通了，就是死也要死在北京，所以当晚我又回了北京。

回到家睡了一觉，第二天继续上班。然后继续写稿，重复被毙，我自己算过一笔账，我大概写了五十多篇稿子，其中被选上的有 8 篇。

但我还是坚持着，继续写。即使呕心沥血写的稿子被毙了，也会立刻满血复活接着写下一篇。

每次当我快坚持不住的时候，我都会在北京的大街上走一走，看着人来人往，我告诉自己：吕白，你在这个城市里面真的是一无所依，你有的只是你自己，你什么都没有，你没有退路，你只能一往无前。

我就是这样一次又一次不要脸地坚持下来的。

可能我再坚持一年、两年甚至五年还什么都不是。也可能五年以后我也没能出书，没能当上作家。

但那又怎样？

我可以输，但不想认输。

第六章

以抵抗的姿势与世界相互妥协

“90 后”成佛了，“95 后”丧爆了

01

我问一个朋友：“为什么现在‘95 后’看起来这么‘丧’？”

她回复我：“因为生活就是如此丧心病狂。”

喜欢的工作赚不到钱，赚得到钱的工作不喜欢；喜欢的人不喜欢自己，喜欢自己的人自己又不喜欢；甘于现状被说不上进，为了梦想被说不现实……

才二十几岁，就想过四十岁的生活了。生活单调，前途迷茫，对内无恩于家庭，对外无功于国家。

明明年纪不大，却仿佛看透了人生。持续性郁郁寡欢，间接性傻笑疯癫。连“小确丧”这样的词都上热搜了，“丧”文化确实是流行到不行。

02

于是，我找来一堆“95 后”聊了聊。发现佛系的人生都是相似的，而“丧”的人生却各有各的丧。

刷完抖音，看了看时间，已经是深夜两点多了。我去……本来想早睡的，怎么又熬夜了。想了想，明天肯定起不来床，把课也翘了吧……

越来越觉得，熬夜成了我们“95 后”的通病。

有时候，是因为作业和工作太多，不得不在深夜挑灯奋战。

白天献给社交，夜晚留给工作。夜晚才是我们头脑最清醒的时候，一双无神的眼睛盯着发出微光的电脑屏幕，手在键盘上机械地敲着。但更多的时候，是因为这该死的手机。

十一点不到，就躺在床上了。眯了一会，摸起手机，回下微信，看下微博，然后打开抖音，每次都说看完这个就睡，结果一直笑到深夜两三点，实在撑不住了才作罢。

新闻上说，耳鸣和心跳加快是猝死的前兆。我每天睡前，都能听到自己急促的心跳声，都很害怕，感觉自己马上就要猝死了。

可是第二天，熬夜依旧。

03

今年，我在“双十一”买得最多的东西，除了枸杞，就是生发水。是的，在本应该脱单、脱贫的年纪，我却开始脱发。

平时有事没事，我都不敢摸头发，怕抓下一大把的头发。而且，也不敢扎头发了，不忍心面对自己日渐上移的发际线！

家里的下水道经常容易堵塞，全是因为我掉落的头发，为此也没少被男朋友骂。

以前喜欢喝的饮料现在不喝了，改成养生茶；以前喜欢读的王小波现在不看了，改成了《脱发严重，小心头秃，防脱发小妙招》；以前喜欢买的口红现在不买了，改成了各大品牌的生发水。

因为我深刻地意识到，如果我现在再不做出点努力，以后我可能就会发际线上移、地中海、秃顶，这对一个“小仙女”来说，是多么大的打击啊！

都说头发是三千烦恼丝，那为什么我掉发，反而更加烦恼了？

“小时候不听话，老是被老师揪着头发拉起来罚站，当时我就有个梦想，要是我没有头发就好了。现在看来，这个梦想快要实现了。”

04

刚毕业的时候，我总想着能够一年升主管，两年升总监，三年当上 CEO，走上人生巅峰。

于是铆足劲加油干，面对不满意的甲方，永远笑脸相迎，方案改了一版又一版。但其实我也不知道，他们到底想要什么。

每天加班，自己累得像狗一样，但是下班的时候看见路边的狗，跑得特欢脱，才感觉狗活得并不累。

好不容易下班了，刚回到家想躺一会，却接到了甲方的“催命电话”，要讨论修改好的文案，美其名曰讨论，实际上就是重做。

从前自己还会因为想着提升业绩，主动申请加班，总以为自己能比别人走得快。但现实很打脸，年底评职称的时候，我发现晋升的都是在公司待得时间长的。

磨着磨着已经没什么热情了，每天从上班开始就一直熬着，直到下班。

死气沉沉，全靠一口“仙气”吊着。

05

不知道从什么时候开始，我已经很久没有性生活了。

我有女朋友，我们从刚开始的夜夜春宵，到现在一礼拜一次。我刚想起来，上次都是半个月前的事了。

本来都是血气方刚的年纪，不知道怎么就不太想这事了。可能是因为工作压力大？反正每天晚上回去都是躺着一动都不想动。

所谓饱暖思淫欲，我觉得还是有道理的，现在年轻人压力太大了，尤其是我们这种互联网公司，真的没有那个精力和时间。

为此，女朋友还怀疑我是不是在外面有人了，呵呵，我倒想有这个精力。

我也在想我是不是性冷淡了。可能也没有性冷淡这么严重？但是被好多事情压着，没那么大兴致了。

如果可以的话，我挺想带着女朋友出去旅行一段时间好好放松下，找回我们的“激情”，可这对年轻的职场菜鸟来说，根本是妄想，年假都请不到。

哎，原来想着和女朋友住一起就可以尽享“性福”生活了，我还是天真了。

06

我为什么不开心啊？

因为没钱啊！没钱就没办法逛街啊，不能拥有喜欢的东西啊。

你想啊，去专柜试衣服，躲在试衣间里偷偷翻吊牌的时候，看一件，买不起，再看一件，还是买不起的时候，就觉得没钱真辛酸。

我刚参加工作，每个月的工资去掉房租、路费、吃饭，余额为负 3000。哪好意思总问家里要钱啊，买化妆品，屈臣氏已经是我最顶端的消费了。

有那么几个时候，下了班真的太累了，我连爬出去的力气都没了。但是想到打车回家要花 60 块钱，我还是选择了步行一公里去地铁站。

上周我眉笔用完了，路过万达想去买一支。

在丝芙兰店里，我给导购说："拿个便宜的随便用用吧。"导购给了我一只国产玛丽黛佳，居然要 115 块钱！于是，我转身就去了对面的"名创优品"，感觉 15 块的眉笔才不会对我的花呗造成威胁，不然下个月它会难过的。

07

平日好累，不想出门；看电影一个人，不想出门；逛街没钱，不想出门；假期人好多，不想出门……

总之就是，不！想！出！门！

每个周末瘫在家，父母说我和以前抽大烟的人一样，吃完饭就往沙发上一瘫，问我能不能过一点正常人的生活。

啥？正常人？话说“95后”不都这样吗！

饿了叫外卖，困了闭眼睛，闲了看电影，烦了打游戏，歇斯底里地乱叫没人管，衣服爱穿不穿，头发爱洗不洗，无须在意几时天黑几刻天明，整个人恍如上帝般俯瞰窗外众生。

再看看外面的世界：上司的脸色，同事的竞争，地铁里被人不小心踩踏，奶茶店门口长时间的排队等候，男女朋友约会时没话找话的尴尬，哪一件不让人糟心。

我在社交软件上和人家聊聊天就很开心了，为什么还要洗头、化妆、坐车、吃饭、花巨资出去社交呢。

所以，不要老逼年轻人出去走走。

外面的世界对我没有吸引力，“宅”才是我通向自由世界，走向人生巅峰的唯一道路。

08

小时候暑假作业都是开学前一天写完的，读大学时，论文都是毕业前一周赶出来的，工作了每份报告都是踩着截止日期交上去的。

拖延症把我的生活搞得一团糟。“明明什么都没做，就已经很累了”，每天都这样稀里糊涂地过去。

和朋友约了早上十点见面，却都心安理得地睡到十二点；老板说这周再拿不出方案就要辞退我，但我仍然埋头吃瓜，在姐妹群里聊得不亦乐乎；明天早上就要去外地出差，我的行李还散落在家中的各个角落；骗自己把工作带回家做，结果到家吃饭、聊天……电脑还没打开就该洗洗睡了；今年年初制订的新年计划，到现在一个都没完成……

除了在胡吃海喝、淘宝、“吃鸡”、偷懒犯困时不拖延，我似乎在处处践行“将有限的生命投入无限的拖延中去”。

朋友看不下去，送了我一本《终结拖延症》，现在都落灰了……

其实我也有幡然醒悟的时刻，但是“戒掉拖延”这件事，也总被我一拖再拖，最后不了了之。

刚刚在公众号后台排版没有点保存，电脑重新加载了一下，写了四个小时的素材一下子全都没有了，看着空白页面的我，“哇”的一声哭了出来。

看来今天真的是太丧了。

确认过眼神，你我都是初出茅庐，刚被生活折磨“丧”了的年轻人。

我们的发展前景太过迷茫，前进的路太过曲折，我们洞悉并受困于自身的无能。既然如此，那我们只想选择躺一躺，直到死亡。

小时候听的那句：“这世界有太多不如意，可我们的生活还是要继续。”

现在才明白不管今天你我有多不容易，明天的太阳还是照常要升起。

那就这样吧，毕竟还有更丧的日子在等着我们呢。

你怎么有脸叫《悟空传》

01

西游就是一个很悲壮的故事，是一个关于一群人在路上想寻找当年失去的理想的故事，而不是我们一些改编作品里面表现的那样，就是打打妖怪、说说笑话那样一个平庸的故事。——《悟空传》序。

看完《悟空传》电影，上面的每一个字都是打脸——电影就是一个和原著毫无关系，打打妖怪，说说笑话，金句堆起来的故事。

书里霸气绝伦要把满天诸佛湮灭的唐三藏，在电影里连露脸的机会都没有；书里毁天灭地死都不认输的孙悟空，在电影里无数次低头，他要冲破束缚的决心看起来就像是小孩子过家家；书里为了阿月甘愿对抗天庭沦为猪身的天蓬，在电影里被改成了反派手下的爪牙；书里用尽一生去收集王母娘娘琉璃盏碎片的沙僧，在剧里被改成了各种高科技傍身，可有可无的配角。

花果山被改成了村落，猴子猴孙被改成了村民，天庭诸神被改成了天尊。

因为这部电影的编剧今何在说，需要妥协。

曾经给了我们可以一棍破天的孙悟空的人，如今给了我们一个只会讲段子和念金句的孙悟空。

曾经说要冲破束缚，逃脱枷锁，说不追求功名利禄，不计较得失的人。如今向导演妥协，向制片妥协，向自己妥协。

曾经因为“哪怕是野火焚烧，哪怕是冰雪覆盖，依然是志向不改，依然是信念不衰”这几句歌词就能热泪盈眶的少年，变了。

02

今何在曾经是孙悟空，我也是。

初中的时候第一次读《悟空传》。那时候的我桀骜不驯，每天浮在脑海里的是：我等生来自由身，谁敢高高在上。

我给女生的情书里写道：原来一生一世那么短暂，原来当你发现所爱的，就应该不顾一切地去追求。所以你答应我吗？

同桌给我递过来当年大火的《坏蛋是怎样炼成的》，我说我不看，我说谢文东不够狂，我只看《悟空传》，我只看孙悟空！

那时候，我感觉自己可以当作家，可以写出《悟空传》这样的书，可以改变世界。

03

直到我们语文老师讲完《西游记》。

我们语文老师是一个五十多岁的老头，那节课他讲四大名著，讲到《西游记》时，他问：

“同学们，你们知道为什么他们师徒四人最后能取得真经吗？”老师说完不等我们回答就又说：“他们师徒四人在取经的过程中一步步战胜丑恶的自己，他们抛弃了自己的劣根，放下了欲望，所以才能成佛。同学们，我们需要学习他们。”

他话音刚落，我说：“不是。他们抛弃的不是自己的劣根，他们抛弃的是最真的自己。以前活生生的，有血、有肉、有感情、有梦想的四个人，一成了佛，就完全消失在这个世界上了。四大皆空，没有感情、没有欲望、没有思想，那这佛他们成了有何用？”

老师的脸一下被气得通红，结果就是我站到了教室的后面。

我这么桀骜不驯的男人会听他的吗？会，因为他儿子是我们学校的教导主任。

我在教室后面站了一节课，全班人都幸灾乐祸地看着我，我想，你们不懂。你们根本不懂什么叫“灭我何用，不减狂骄”。

04

下课后老师把我叫到办公室。

他说我拆他的台，他说他从教三十多年从来没见过我这样的学生，说我不懂礼数，不懂课堂秩序，不懂规则，上课瞎起哄，让老师下不了台。

他让我写一个一千五百字的检讨第二天给他。

我手不自觉地握紧，心想，滚，你凭什么压我，我又没错。我看着他，脚向前踏了一步看着他说：“老师我错了，再也不敢了。”

回家百度了一篇检讨，然后一句句抄完。

第二天，老师看完我的检讨以后又把我叫到办公室，说我的检讨是网上抄的，让我重写，写完还得在班里念。

我指着他说："欺人太甚，我不管你是谁，我也不管什么规则，我坚持自己的答案。"

第二天，我被学校劝退，理由是我目无师长，说我是坏学生，说我没教养。

05

后来我的想法随着身体的发育，始终在变，变得更趋于"成熟"。我再也没反驳过老师，再也没说过我要打破规则。我开始顺应规则，我不再想着当作家，我不再想改变世界，我想稳妥地过一生。

偶尔看到一些说要打破规则，说要坚持理想的人，也只是笑笑，说他们勇气可嘉。那个说要持刀屠龙的热血少年离我越来越远。

我也曾惶恐过，是不是我这一生都不能再反抗，只能循着其他成功人士制定的法则规划将来，只能写标准答案，需要收起屠龙的锋芒，放下心中的理想，把自己扮成笑面虎，来人我就点头哈腰。

后来，大三那年我又读了一次《悟空传》，看到这一段：

“等到那一刹，黑暗的天空突然被一道巨大的闪电划开。

孙悟空一跃而起，将金箍棒直指向苍穹。

‘来吧！’

那一刻被电光照亮的他的身姿，千万年后仍凝固在传说之中。”

当年那个桀骜不驯可以反抗一切的青年真的是我吗？那个抱着《悟空传》想当作家的孩子真的是我吗？那个说要改变世界的孩子真的是我吗？

我放下书，溜达到操场，抬头看天，数了数星星，然后飞奔起来。

那天晚上，我下定决心，放弃“安稳”的规划，放弃人生的标准答案，放弃可以在全国各地到处飞，偶尔可以飞世界各国，月薪破万的“空乘”工作，我选了一个虚无缥缈的职业——作家。

我来了咪蒙的公司，我们开了微信公众号，尽管做得还不是很好，但是我感觉身上每一滴血液都在沸腾，我真的在朝着自己的作家梦一步步迈进。

06

我们都曾是孙悟空，但大多数人会带上金箍，抛弃自己的心愿，抛弃自己的理想，抛弃自己的信仰，让奋斗反抗的自己死去。

但总有人还在坚守，还在反抗，还在拼搏，还在大喊去你的世俗，去你的世故，老子不变。

是这样的还在坚守的人给了我们希望，而不是在豆瓣写影评辩护电影《悟空传》是他心中的“悟空传”，在文章最后还留下一句“不服来战”的今何在。

十七年过去了，当初劈天碎地的少年，变成了如今的为了赚钱，不择手段的大叔。

圈钱没错，顺应世俗随波逐流也没错。都是你自己的事情。但是不好意思，请不要玷污我们的经典，电影是你自己的“悟空传”，不是我们的《悟空传》。

我们的《悟空传》是：

若天压我，劈开那天。若地拘我，踏碎那地，我等生来自由身，谁敢高高在上。

也可以是：宁愿死，也不肯输。

在功利的世界里做寂寞的疯子

01

你身边有没有一个特别爱钱的人？

我就是。

我大学本科是空乘，空乘本来应该是高富帅和白富美的代名词，但却唯独出了我这么一个 Loser。

在当时遇见了太多的不理解和看不起。

印象最深的一次就是：我在超市门口租了一个摊位兼职地推，开始摆东西的时候遇见了班里的同学，我堆满笑的脸正好迎上他们略带尴尬的面容。

像被一千根针同时扎到了心口，他们头也不回，只留下一个满心没落的我。

后来在一次班级聚会里，我借着酒劲问他们原因，他们告诉我：

"你这不是丢我们艺术生的脸么！"

可是你们不知道的是，谈艺术是要钱的，而我是没钱的。

02

钱买不来幸福，钱本身就是幸福。

这是我在突然变穷以后最大的体会。

家庭变故，生意失利，亏损了近百万，卖房卖车后，还有二十八万每月两分利的贷款，曾经的光鲜亮丽变成了如今的负债累累。

家庭重担与责任都压到了还不足二十岁的我身上，我抱怨过，也咒骂过，但那又有什么用呢?

时间一直往前走，不会因为你的抱怨而回头，二〇一四年夏天，我爸身体不舒服住院。

医生告诉我说："他是长期睡眠不足，营养不良，建议吃点好的，补身体。"

但是我爸根本舍不得买肉，我回学校后，他要么不吃，要么就自己在医院食堂买点面条对付对付。

我临回学校之前，他站在医院门口，从兜里掏出皱巴巴的

34 块钱，让我买点好吃的，别太委屈自己。让我放心，他身体很好，还能再坚持好多年。

哎，可怜天下父母心。

那一瞬间更坚定了我的信念：

我要赚钱，我要赚很多很多的钱，我要赚十万个 34 块钱。

03

从那以后，我更加努力，更加拼了。

后来接了一个美团的地区推广，为了完成那 1 万单，整整一个礼拜绞尽脑汁，早晨六点起来写狗血爱情故事，饿了就吃两口面包、喝点热水。

然后就去超市附近摆摊，拿着小礼品来让大家扫码下载软件，等到天一黑，就抱着四十多斤的海报，骑着一个老旧的自行车，在食堂贴，在宿舍楼贴，在广场上贴，把这些故事型的小广告贴遍了我能想到的角落。每次贴完海报后回到宿舍，都已经是夜里十二点多了，伴随着室友微微的鼾声，用键盘轻声地敲下一个个故事。

最后的那天中午，我又渴又热地拖着疲惫的身体去谈商业街的一个奶茶店，我拿着一份传单，用堆满笑容的脸看着老板。

还没来得及说话，他便转过身去，关上了门。

隔着玻璃，一边是开着空调十分凉爽的室内，一边是被烈日亲切“拥抱”得挥汗如雨的外面。

再后来我超额完成了这一万单，在床上睡了整整三十一个小时，醒来的第一件事就是打开支付宝，看见余额里面显示的数字“12013”，我揉了揉眼睛，用手指按着数了好多遍余额的位数。

十分钟后，我再也掩盖不住我自己的高兴。心想：“这次一定要吃顿好的来犒劳一下自己。”

起床后，穿上最好的衬衣，郑重地系上最后一个扣子。

走到镜子旁，准备整理发型的时候，忽然发现自己多了很多白发，而且那些白色的头发格外显眼。

我看着镜子里的自己，笑着笑着就哭了。

是啊，我今年才二十岁。

我赚了钱，我满头白发。

04

每个爱钱的人都有难言之隐。

二〇一五年的冬天，去外地演出，深夜十二点，我们的车坏在了高速上，附近什么也没有，只能我下来推车，试着看能不能发动起来。

当时的气温零下十几度，雪刚化，推着推着太热了，我便把外套脱了，只留下一个汗衫，也不记得推了多长时间，距离有多远。只记得车子发动起来的时候，天边刚刚亮起了一丝微光，我的衣服全结冰了。

回来以后，我整整病了一周，没人理我，更没人关心我。后来，在厕所的时候听到室友们讨论说：

“你说那个谁，是不是自找苦吃？缺那么几个钱吗！”

后来我想通了，这个社会就是这么现实，现实到残酷，残酷到它一点都不会哄你，你不能指望别人理解你，你有你的难言之隐。

05

钱不是万能的，但没有钱是万万不能的。

就好像有句话说的那样：有了钱，我才能让父母老有所依，而不是到六七十岁的年纪还为我奋斗。有了钱，我才有自由选择爱情的权利，让女朋友不用每天都要思考怎么才能省几块钱。有了钱，我才更有能力在朋友有难的时候伸出援手。有了钱，我才不会为了省几十块钱，而不舍得买个卧铺。有了钱，我才有机会去看曾经想要看的世界。

我们身边可能会有这样或那样爱着钱，渴望钱的人，不要那么急着去厌恶他们、远离他们。

正如《了不起的盖茨比》里的一句话："我年纪还轻，阅历不深的时候，我父亲教导过我一句话，我至今还念念不忘。'每逢你想要批评任何人的时候，你就记住，这个世界上所有的人，并不是个个都有过你拥有的那些优越条件。'"

喜欢你，爱上你，失去你

“你认为世界上最遥远的距离是什么？”

我笑着说：“我站在你面前，你却不知道我爱你？”

老胡连发了三遍：“哈哈哈……”

老胡是我在“王者荣耀”里的师傅，最强王者满星，服务器里传说级别的人物。

用他的话说，他是三十一区无数人跪舔的服务器小霸王；三十一区里的吴彦祖；掌握着三十一区百分之三十以上妹子的欢心。

老胡最爱用的英雄就是马可波罗，用他的话说，只有马可波罗这种英雄才能承载他 0.2% 的帅气。

老胡有很多毛病，除了那股不知道打哪来的自信以外，最大的毛病就是经常羞辱我，每次带我打排位，他看了看自己 28-1-12 的战绩，然后再看看我 0-14-3 的战绩，总是说：“我真是瞎了老眼，才收了你这么一个手残的徒弟。”

然后紧接着就是回忆当年……

想当年我收徒弟的时候，那五分钟加我的人把我刚买的小米 Note 都弄卡了。

“全区第一马可波罗，最强王者满星，收徒弟，妹子优先，加我的时候，附带一句话，心情好了就收你。”

我记得当初好像是这句话：“比妹子更手残，20% 的排位胜率，只会讲段子和吹牛。”

我问老胡：“是我当年写的那段中二的话打动了你么？”

老胡发了三个大笑的表情，然后发了几个字：“从你身上仿佛看到了当年的自己。”

那天晚上老胡和我讲了他的故事：——

去年一月，他接触了“王者荣耀”这款游戏。用一句话形容他当时的状态：弱，真弱，弱爆了……

玩着一个“马可波罗”，依然一副拯救世界的样子，点完发起进攻，就冲到了别人的塔下。于是队友就开始狂骂，刚开始老胡会和他们对骂，以一敌四，连骂三十分钟。

再后来老胡就烦了，也不打字对骂了，只是隔着手机屏幕看着他们骂自己，然后偷偷地笑，终于又气到了几个傻子！

直到一个星期以后，沫雪出现了。

那次老胡还是像往常一样点完进攻就毅然冲进了人群里，一时间技能纷飞，就在老胡感觉又要像往常一样死的时候，沫雪玩的“王昭君”从天而降，一时间雪花纷飞，天下掉下来无数的碎冰，仿佛沫雪把老胡抱在怀里一般。

那一瞬间老胡忽然想起一句话：原来世界上有个人一直都在找你，只是这条路不仅又黑又远，人还贼多，你要等。

老胡明白以后，他们俩就被对面打死了……

等复活的时间是二十五秒，老胡的心脏一共跳了九十多次，然后颤颤巍巍地在聊天框里输入："沫雪，从现在开始你就是我老胡的女人了，我要宠你，带你飞。"

"滚，你个坑货。"

从那以后，老胡便一发不可收拾，只要沫雪上线，老胡一定会去邀请，即使一天被拒绝几十次……

再后来，沫雪实在是无聊了也会和老胡打几回合游戏，结果每次都会被老胡的幽默逗乐。

有一次沫雪玩 ADC，老胡不得已玩了一次"大乔"，就在沫雪还差一丝血就可以把对面的水晶拆掉的时候，老胡直接一个传送就把沫雪送回了家。然后对面五个复活直接就把"家"给推了。

沫雪一边感觉好气，又一边感觉好笑。

还有一次对方把他们这边的三个人都杀了，只剩他们俩了，老胡为了装风度，挡在了沫雪前面，在聊天框里输入："想杀她，必须从我身上踏过去。"然后沫雪说："你个坑货走开。"老胡还没来得及走开，就被对方杀了，然后五个人从他身上踩了过去。

沫雪退到草丛里操纵着“荆轲（后改名为‘阿轲’）”在人群中来回穿梭，拿了五杀，然后站在水晶面前。在聊天框里输入这么几个字：“敢欺负我的小弟，不想活了！”

老胡心里咯噔一响：“就是她了！这次是真的！”

慢慢地，老胡和沫雪成了无话不谈的朋友，沫雪继续在前面英勇地杀人，老胡负责在后面助威和讲段子。

再后来老胡就对沫雪说：“沫雪我们开视频吧。”

沫雪过了两分钟说：“老子是实力派，不靠脸吃饭，我怕吓着你。”

然后老胡想了想，也是，玩游戏这么厉害，还满嘴脏话，肯定长得不漂亮。

有一天凌晨二点，老胡玩着他熟悉的“马可波罗”，打开了自己的华丽左轮技能，左左右右地不停翻滚来回，然后开启狂热弹幕对着对方一阵狂喷，华丽地炫着操作，一套技能用完……他就被包围了。

和往常不同的是，这次沫雪没和他一起，队友们没有一个来的，也没有人在聊天框里替他“喷”别人。他第一次感觉到，沫雪有多么重要。原来除了沫雪，没人会在意他。

老胡开始在游戏里狂发信息联系沫雪，发到第八十九条的时候，沫雪回了一句：“大半夜的不睡觉震我干吗！”

老胡说，那一瞬间，别说她骂我，就是她来把我“潜规则”了我都愿意！无论她有多丑。

老胡发现，自己好像网恋了，好像爱上了一个从来没见过，甚至不知道是不是女人的网友。

老胡说：“沫兄弟，我想见见你。就现在！”

过了五分钟，沫雪发了一个定位——上海浦东明月酒店：“老子在这，有种你就来。”

老胡想了很多种可能，比如沫雪是人妖，比如沫雪丑到爆；再比如是一个搞传销的……后来，老胡把心一横，还有能让我老胡害怕的事情？就算她是人妖老子也能接受！

然后穿好衣服，一咬牙，买了人生中的第一张机票，整整1450 块，含着眼泪给沫雪发了一个消息：“不延误的话九点四十到，在机场门口等我。”

在飞机上，老胡看着飞机上的空姐，做了一个梦，梦里的沫雪，皮肤吹弹可破，脸颊泛着红晕，一张范冰冰的脸，在机场门口的一辆保时捷车旁等他……

下了飞机以后，老胡第一时间打开了手机。看到沫雪发的微信：“我在机场门口黑色外套。”

老胡此刻的心情简直是七上八下的。一边是对飞机上美梦的回味，一边是对沫雪长相的期待。

出了机场门口一眼就看见一个穿着黑色外套，大概有自己两个重的胖子，嘴里好像骂骂咧咧地说着什么。

老胡心想：就是她了吗？早该猜到了！可怜我的1450块！没想到她真的没说谎……

后来转念一想，自己爱的是她的思想，不是外表。于是两眼含着热泪，颤巍巍地走向那个胖姑娘，在距离她还有100米的时候，就看见一脸横肉的胖姑娘盯着自己。老胡咽了口唾沫。然后还是转身跑了，这时候他听见了一个很好听的声音："老胡，是你吗？"

老胡转过身，一个穿着黑色外套，身高大约172厘米，脸颊微红，有着一对浅浅的酒窝的姑娘走了过来。

"是我，是我。你是？"

"我是沫雪啊！"

此刻老胡才明白，什么叫突然的幸福。游戏里的沫雪，满口脏话，强势到哭；现实中的老胡，十分强势，凶神恶煞。

他们俩从上海浦东，到古老斑驳的石库门，再到小资情调的小洋楼，一直到品完上海的烧麦，全是沫雪请客，不要脸的老胡在上海待了15天。回去以后，老胡就把游戏里的个性签名改了："有妇之夫，妹子勿扰！特别漂亮的除外。"

回来以后，老胡还是一如既往地拉着沫雪打游戏，沫雪还是一如既往地冲到前面，老胡还是在后面助威。

直到那次老胡又被人包围了，沫雪没来得及救援，然后老胡被杀死了。游戏结束以后，沫雪就下线了，无论老胡怎么发消息，怎么打电话，都没有回复。

整整四天，老胡发了八百一十九条消息，打了三百个电话，沫雪始终没有回复。

老胡病倒了，不想吃饭，在医院每天靠葡萄糖维持。第二十一天，老胡接到了沫雪打来的电话：

“老胡我们的事被我家里发现了，我爸说我应该嫁给一个和我身份匹配的人，我想了想也是，不值得为你和家里闹翻，明天我就出国了，以后不要再联系了。”

后来老胡出院了，登陆了熟悉的游戏，用了一整年的时间从白银打到最强王者。

和以前不一样的是：坑队友的变成了我，拿五杀的变成了老胡。

一年后的某月，老胡收到了一封邮件，是沫雪发的：

“老胡，之前我说嫌你穷是骗你的，我没有出国，我爸也不知道我和你的事情，只是认识你之前我就知道自己得了白血病，我没有选择化疗，毕竟我都美了二十多年了，不想死的时候太难看。

他们说，人死了以后灵魂就会飘起来，飘到空中，俯瞰整个大地，我想了想，我还是不要飘到空中了吧，不然看到你打游戏被人围殴的时候，我来不及救你，你就被人杀了。

“也许有人会说，世界上最遥远的距离不是生与死，而是我站在你面前，你却不知道我爱你。但是我觉得，这世界上最遥远的距离确实就是生与死，因为生命，就是这样的脆弱与美好。

“老胡请原谅我的自私，在我最后有限的生命里，还来招惹你。”

我们都曾是游戏里的老胡，也曾是游戏里的沫雪，曾经我们那么深爱着对方，却不得不分手，我们都有我们的难言之隐。

雾霾下的北京青年：我在北京，却看不见北京

01

因为雾霾，朋友今天离开了待了六年的北京。他把磨得发白的地铁卡给我：“里面还有一百多块钱。”

我问他：“要是有一天北京的雾霾治理好了，还回来吗？”

他摇了摇头。

大多数时候，我还是喜欢北京的，除了现在。

说实话，北京是一座很公平的城市，它给你多少机会就给你多少挑战。你贪恋它的繁荣多姿，就得忍受它拥挤的交通、代价高昂的休息时间以及只能靠口罩续命的雾霾天。

有些人学着适应，有些人待了几年选择离开，有些人还未开始就望而却步，有些人正在纠结徘徊。

今天，我们戴着口罩，和一些朋友聊了聊。

这是关于雾霾的故事，这是关于青年的故事，这是雾霾下

的北京青年。

02

陈凡，二十一岁，大四实习生。

我来北京的第一笔花销，是在网上买了 300 块钱的“专业口罩”。

我今年大四，刚刚熬过“九死一生”的秋招，拿到了一个还凑合的 Offer，签完三方的第二天，我就收拾行李来了北京。

来北京的火车上，我一边吃着康师傅红烧牛肉面，一边看着窗外，心情很复杂。有点激动，有点忐忑，也有点紧张，像极了和初恋女友第一次接吻的心情。

一下火车，我就看到天空灰蒙蒙的，能见度不高，开始我还以为是天阴，后来发现，是我太天真了。

很多人戴着口罩，不是那种平常用的口罩，它加了厚厚的防护层，看上去非常“专业”。我有点懵，上次戴口罩还是非典的时候。

走了几步路，感觉空气闻起来有点异味，没有很难受，但就是不太舒服。

我忽然意识到了，原来这就是北京的雾霾。

因为还没找到房子，为了省钱，我住在公司不远处的青旅，八个人一间房，上下铺。每天下了班就挤地铁去看房子。

我卡里只有爸妈给的八千块钱，刨除生活费，押一付三，我的选择不多。有一天看完房子回去之后，我咳嗽了一个晚上，吵得室友们都没睡好。

第二天，青旅的老板娘给了我一个口罩，“小陈，你怎么敢不带口罩，每天还在外面这样跑？上次住在这里的一个女孩子，因为吸霾吸多了，后来严重哮喘回老家了。”

老板娘的话吓得我一激灵，于是，我来北京的第一笔花销，就是在网上买了一个三百块钱的“专业口罩”。

对于我这个从小在南方长大的人来说，北京的冬天不好过，天黑得很早，冷得够呛，街上的人都行色匆匆，看不到口罩后面的表情。

不过，北京再怎么样都是北京，我一点儿也没后悔来。我要做的，就是赶紧习惯戴口罩，赶紧找到房子，赶紧适应北京的生活。

03

Mendy，二十三岁，上海工作一年。

因为雾霾，我放弃了去北京读研。会有遗憾吧，但也只能这样了。

中传艺术管理的研究生我考上了，没去上。我直接回上海工作了。

现在的工作一般吧，虽然没有达到特别理想的状态，但是，也能接受。

去年十二月的时候，考研前我去中国传媒大学培训，中传的艺术管理专业，算是我很向往的一个专业了，而且当时也一心想来北京读研。

冬天的北京，大家都知道，雾霾挺严重的。不管什么时候出门，都跟天快黑了似的，大家都戴着口罩。我在路上想和男朋友说个话都费劲。

培训第九天的时候，我从中传西门出来准备去吃饭。刚出门，我就呼吸不上来了。我知道可能是哮喘犯了，当时正好在中传国际交流中心的那个门口，男朋友就把我带进去。做了一下急救措施，酒店的服务员一直给我倒热水。过了一个多小时我才缓过来。

第二天我就和男朋友回苏州了，剩下三天的课都没上。

再后来考研成绩下来，看到自己被录取的时候，心里还挺难受的。一边是努力了一年的理想学府和理想的专业，另一边是自己的身体可能随时会出状况。

后面我就看到“新世相”推送了一篇《写给雾霾北京的最后一封情书》，里面也是一个采访，是一个选择离开北京的编剧说的。

她说：“我对死亡的恐惧，超过对不能出人头地的恐惧。”

嗯，我觉得挺赞同的。我就待在上海工作了。

现在也挺好的，会有遗憾吧，但也只能这样了。

04

王堇，二十五岁，导演。

自己无所谓，但不想让孩子一出生就吸雾霾。

十八岁那年，我有两个梦想：一个是拍电影，一个是去北京。

整个高中，我都铆足了劲儿，终于在那个夏天考上了北京电影学院导演系，来到北京。不知不觉已经在北京待了八年，

我从未想过离开。

二〇一四年，我开始认识到雾霾。记得那天早上，我们从寝室醒来，看着窗外白茫茫的一片，全都傻眼了。差点以为自己得了白内障或者世界末日要来了。我本以为自己是南方人没见过北方的冬天，直到我北京本地的哥们说，这啥玩意儿，他也没见过。

后来知道了这叫霾、PM2.5，口罩从此也戴上了，还能做什么呢？年轻的我们，很快就适应了没什么了不起的天气。

毕竟，这跟我的梦想比起来，不值一提。

那时候我正忙着拍自己的微电影，满北京城跑。眼看着自己相机里夏天还是蓝天白云红墙绿瓦的素材，到冬天全都消失了。我说不上那是一种怎样的失落，但真实的感受从来都只是卡在我嗓子眼的一口浓痰而已。

对呀，一口浓痰而已，没什么大不了的，直到今年我老婆怀孕。

我不明白我老婆为什么这么敏感。两个月前她刚怀孕，非要说害怕自己待在北京会生出个畸形儿，疯了一样闹着要离开。为此我们吵了不止一次，每次她都会大哭，说她自己无所谓，但不想让孩子一出生就吸雾霾。

我不忍心我老婆和未来的孩子成天提心吊胆，但我也确实不敢做离开的决定。我和她都是做电影的，我们大部分事业伙伴都在北京，事业也在上升期。我实在不知道离开了北京，我们可以去哪儿？能干吗？

眼看北京的冬天又要来了，要不要继续待在北京，就看能不能挺过这个冬天吧。

05

高庄，二十一岁，大四。

我在北京生活了二十一年，我能逃到哪儿去？

我在北京生活了二十一年，土著，家在南二环。

印象中的北京，古色古香，车很少，人也很少，每逢过年，胡同里热热闹闹的，那时候我觉得这里会是我从生到死的地方。

不知道从什么时候开始，我变得讨厌北京了。

人们都开始戴起了口罩，天空也不蓝了；小时候的几个足球场地，已经变成了高耸的居民楼；长安街堵车三个小时一动不动，连挤三趟都挤不上地铁；大街上除了车就是楼，乌泱乌泱的，塞满你的视野。

北京发展越来越快，房子估值越来越高，但我却开心不起来，这真的是我们想要的生活吗？

印象最深刻的一次，我寒假和爸妈去日本玩了几天。回国之后，严重的雾霾逼得我们一家人不敢出门，连续几天都看不到太阳，昔日霸气的朝阳“大裤衩”也被蒙上了一层灰色。

于是，我们一家人开始研究PM2.5，开始关注雾霾的新闻，开始看柴静的《穹顶之下》，开始为家里添置空气净化器。

国内的新闻一直在报道雾霾，一直在整顿雾霾，但北京依旧被“霾”伏。有时候，很羡慕那群北漂们，累了撑不住了，就能跑回家去，可我呢？

今天，北京的雾霾又来了，灰压压一片，伸手不见五指，心里一直有个声音挥之不去：逃吧，北京人。

但是这种背井离乡，我爸妈真的愿意吗？

06

雾霾不会是促使你离开北京的唯一因素，但也许会成为压死骆驼的最后一根稻草。毕竟，北京的冬天，不大好过。

清早推开门，迎接我们的不是初升的太阳，而是凛冽的寒风、大片的光秃枝丫，和目之所及的雾霾。天气使人致郁，未来也像在雾霾中走失一样迷茫。

谁知道我下个月的工资够不够买一件羽绒服，下个月的房租有没有着落，我的爱情在哪里？家又在何方？

但对于二十岁出头的我们来说，人生才刚刚开始而已，未来有无限的可能性。

北京很精彩，有最丰富的资源和机会。但留在这里，你要承担的东西也有很多，不仅仅是雾霾。

而年轻的好处就在于，“试错”和“重来”这两个词还能继续出现在人生“选择”的这本词典里。

所以，不论你是否要继续留在北京，在这条未知的道路上，我们都祝你：前程似锦，一切顺利。